KB056173

0레벨
플레이어

0레벨 플레이어 6

2022년 7월 1일 초판 1쇄 인쇄
2022년 7월 6일 초판 1쇄 발행

지은이 송치현
발행인 김정수 강준규

기획 이기헌 왕소현 박경무 강민구 조익현
책임편집 이정규
마케팅지원 이원선

발행처 (주)로크미디어
출판등록 2003년 3월 24일
주소 서울시 마포구 성암로 330 DMC첨단산업센터 318호
Tel (02)3273-5135 **편집** (070)7860-2726 **Fax** (02)3273-5134
홈페이지 rokmedia.com **E-mail** rokmedia@empas.com

© 송치현, 2022

값 8,000원

ISBN 979-11-354-7546-7 (6권)
ISBN 979-11-354-7540-5 04810 (세트)

CONTENTS

인의군왕 신창후의 비밀	7
첫 번째 선물	47
이간계	103
최고의 만찬	147
이이제이	195
이중 보상	237
예상치 못한 선물	265

인의군왕 신창후의 비밀

'이게 무슨?'

인의군왕 신창후는 자신의 눈앞에서 벌어진 광경을 두 눈으로 직접 보고도 쉽게 믿을 수가 없었다.

고려길드의 길드 마스터로서 발해길드의 길드 마스터인 검왕 장석원과 때로는 협력하기도 했고 때로는 싸우기도 하면서 오랜 시간을 함께해 왔다.

하지만.

검왕 장석원이 저렇게 저자세인 건.

단 한 번도 본 적이 없었다.

'내가 잘못 생각했구나.'

검왕 장석원이 저러는 이유는 단 하나.

'다크 나이트의 수장이 검왕 장석원을 꺾었다.'

그것도 압도적으로.

그게 아니고서야 오만해 보일 정도로 자존심이 강한 검왕 장석원이 저렇게 저자세로 나갈 리가 없었다.

'도와줘야 하는 대상이라고 생각했는데.'

인의군왕 신창후는 고려길드의 은인이라고 할 수 있는 다크 나이트들에게 최상의 대접을 해 줬다.

또한 2억 골드라는 거금도 후원했다.

그 이유는 다크 나이트 같은 조직이 강해져야 아틀란티스 차원이 안전해진다는 생각 때문이었다.

그렇기에 금전적 지원을 제외하고도 힘닿는 대로 고려길드 차원에서 다크 나이트를 도와줄 생각이었다.

한데.

'내가 오만했구나.'

검왕 장석원을 압도적으로 꺾을 정도의 강자가 수장으로 있는 조직을 얕잡아 봤다.

이미 한 차례 도움을 받았음에도.

다크 나이트라는 조직이 약하다고 생각해 도움을 줘야 하는 대상이라고 판단했다.

그러는 사이 어느새 검왕 장석원과 다크 나이트의 수장이 코앞까지 다가왔고.

"저 대머리 영감이 고려길드의 길드 마스터 인의군왕 신창후입니다."

검왕 장석원이 인의군왕 신창후를 소개했다.

"누구보고 대머리라는 거냐?"

순간 인의군왕 신창후가 빽 하고 소리를 질렀다.

그러다.

"크흠, 제가 손님을 앞에 두고 결례가 많았습니다. 들어가
시죠."

"아닙니다."

"넌 나중에 두고 보자."

검왕 장석원에게 으르렁거리듯 경고한 인의군왕 신창후가
강현수와 검왕 장석원을 고려길드 하우스 내부로 안내했다.

'사람 좋기로 유명한 인의군왕 신창후도 대머리라는 말은
못 참는구나.'

뭐, 옆쪽과 뒤쪽에 머리카락이 몇 가닥 남아 있어 완전한
대머리는 아니기도 했고 말이다.

'근데 영감이라는 말에도 화내야 하는 거 아닌가?'

강현수가 알기로 인의군왕 신창후의 나이는 40대 후반.

머리숱이 없어서 노인처럼 나이가 들어 보일 뿐.

엄연히 40대였다.

"앉으시지요."

인의군왕 신창후가 강현수에게 자리를 권했다.

강현수가 자리에 앉았다.

당연히 그러는 와중에도.

[고유 스킬 레플리카 - S랭크를 사용합니다.]
[스택 하나가 소모됩니다.]
[태양권 - EX랭크의 레플리카를 만듭니다.]
[레플리카 태양권 - F랭크가 생성되었습니다.]
[레플리카 스킬은 원본의 160%의 능력치를 갖습니다.]
……후략……

'쉽게 나오지는 않네.'
그나저나 인의군왕 신창후답게.
'보유한 EX랭크 스킬이 많아.'
주력 스킬은 거의 전부 EX랭크인 듯했고.
보조 스킬들 역시 대부분이 SS랭크에서 SSS랭크였다.
'스택이 다 소모되기 전까지 나와야 할 텐데.'
만약 스택을 모두 소모했음에도 스킬 증폭이 나오지 않으면?
'고려길드에 조금 더 오래 머물러야 할지도 모르겠어.'
그때.

[고유 스킬 레플리카가 S랭크에서 SS랭크로 성장하였습니다.]

'어라?'

전혀 기대도 하지 않고 있었는데.

고유 스킬 레플리카가 S랭크에서 SS랭크로 성장했다.

'하긴.'

성장할 때가 되기는 했다.

레플리카는 꽤 오랜 시간 S랭크에 머물고 있었으니까 말이다.

'그간 퍼먹은 레벨이 얼만데.'

스킬 강화를 통해 레플리카가 먹어 치운 레벨은 실로 어마어마했다.

한데 강현수의 예상보다 성장이 느려서 속이 엄청나게 탔다.

다행히 그간의 노력이 헛되지는 않았는지.

레플리카 스킬의 랭크가 상승했다.

'여유가 생겼어.'

강현수의 입가에 미소가 피어올랐다.

현재 강현수가 보유한 레플리카 스킬은 총 열 개.

S랭크는 총 11개의 레플리카 스킬을 보유할 수 있다.

쉽게 말해 스킬 증폭을 레플리카 스킬로 만들면?

11개의 자리가 꽉 차 버린다.

그럼?

'레플리카를 계속 발동시켜 스킬 랭크를 올리는 게 불가능

하지.'

또 네임드 플레이어를 만나 레플리카 스킬을 시전해 영구적으로 사용할 만한 스킬을 얻을 수 있는 가능성 자체가 원천 봉쇄된다.

강현수는 그런 페널티를 감수하는 한이 있더라도 인의군왕 신창후의 고유 스킬인 스킬 증폭을 손에 넣을 생각이었지만.

'이제 페널티를 감수할 필요가 없어.'

레플리카 스킬이 SS랭크로 성장하며.

'여유 자리가 무려 둘이나 생겼어.'

스킬 증폭을 레플리카 스킬로 만들더라도.

'한 자리가 빈다.'

그게 끝이 아니었다.

'이제는 200%야.'

모든 레플리카 스킬이 원본의 200% 위력을 발휘한다.

갓 레플리카로 만든 F랭크 스킬의 위력도 두 배 늘어나고.

'다른 고랭크 레플리카 스킬의 위력도 두 배로 올라간다.'

강현수 입장에서 지금 레플리카의 스킬 랭크가 상승한 건.

엄청난 이득이었다.

'스택도 네 개 늘어났고.'

S랭크였을 때보다 네 번 더 레플리카 스킬을 시전할 수 있게 되었다.

0레벨
플레이어

강현수는 레플리카 스킬을 시전하는 와중에도 인의군왕 신창후와 계속해서 대화를 나누고 있었다.

　　"해서 우리 고려길드는 다크 나이트에 전적으로 협력하고 싶습니다. 다크 나이트의 생각은 어떠십니까?"

　　인의군왕 신창후의 말에.

　　강현수의 입가에 미소가 피어올랐다.

　　'예상보다 협조적이야.'

　　인의군왕 신창후의 인격은 믿고 있었다.

　　하지만 다크 나이트라는 조직 자체가 어둠 속에 숨어 정체를 드러내지 않는 비밀 집단 컨셉을 유지하고 있다 보니.

　　'협력이 쉽지 않을 거라고 생각했는데.'

　　의외로 일이 쉽게 풀리고 있었다.

　　"찬성입니다. 마왕군과 함께 싸울 동료는 많을수록 좋으니까요."

　　"그럼 일단 연락 체계부터 만드는 게 좋을 것 같은데."

　　강현수와 인의군왕 신창후의 협상이 급물살을 타자.

　　검왕 장석원은 속이 타들어 갔다.

　　"저, 제가 한 말씀 드려도 되겠습니까?"

　　그래서 끼어들었다.

　　"말해 봐."

　　강현수의 허락이 떨어지자.

　　"협력 관계는 고려길드보다 우리 발해길드와 먼저 맺어야 한다고 생각합니다. 우리 발해길드는 다크 나이트에게 EX 랭크 아이템을 포함한 다수의 SS~A랭크 아이템과 1억 골드를 후원했습니다. 그럼 당연히 고려길드보다는 발해길드가 우선순위에 있어야 하지 않겠습니까?"

검왕 장석원이 속사포처럼 말을 토해 냈다.

"자네가 다크 나이트에 EX랭크 아이템을 후원했다고?"

한편 검왕 장석원의 말을 들은 인의군왕 신창후는 크게 놀랐다.

SS~A랭크 아이템?

그럴 수 있다.

1억 골드?

역시 그럴 수 있다.

한데 EX랭크 아이템이라니?

"물론이지. 우리 발해길드가 은원 관계는 또 철저하잖아."

당당한 검왕 장석원의 말에도 불구하고.

'반쯤 억지로 준 거구나.'

인의군왕 신창후는 금세 상황을 파악했다.

'또 말로 대충 때우려다가 된통 당했나 보구만.'

직접 눈을 본 건 아니지만.

검왕 장석원의 평소 성격과 현재 모습을 보면?

대충 어떤 상황이 벌어졌을지 알 수 있었다.

"근데 고려길드는 다크 나이트에게 뭐 후원해 준 게 있나?

길드의 존망을 막아 준 은인인데 말이야."

"2억 골드를 후원했네."

인의군왕 신창후의 말에 검왕 장석원은 살짝 놀랐지만.

"겨우?"

자신만만한 표정으로 인의군왕 신창후를 놀렸다.

사실 검왕 장석원은 강현수가 고려길드를 얼마나 털어먹을까 하는 기대를 가지고 있었다.

또 기왕이면 발해길드보다 고려길드를 더 탈탈 털어 줬으면 했다.

한데 상황이 돌아가는 꼴을 보아하니.

별다른 후원 없이 동맹을 맺게 생겼다.

그래서 나선 것이다.

뭐, 고려길드도 2억 골드를 후원했다고는 하지만.

발해길드에 비하면 턱없이 적은 금액 아닌가?

'돈도 적게 낸 놈이 우선순위가 되는 꼴을 가만히 지켜보고 있을 수는 없지.'

반강제로 낸 것이기는 하지만.

어쨌든 먼저 더 많은 금액을 후원했다.

그럼 당연히 그만큼 더 대접을 받아야 하지 않겠는가?

'다크 나이트의 저력은 엄청나다.'

수장은 신급 칭호를 가진 플레이어와 동급으로 평가되고.

자신과 비슷한 수준으로 추정되는 네임드 플레이어만 열

명이다.

이런 집단과 협력 관계가 될 수 있다는 건.

'엄청난 힘이지.'

검왕 장석원 같은 최상위 칭호를 가진 플레이어들은 결코 흔치 않다.

대부분이 거대 길드의 수장이며 단독으로 웬만한 길드를 손쉽게 쓸어버릴 수 있는 자연재해 같은 존재들이다.

검왕 장석원 본인부터가 왕의 칭호를 가지고 있는 플레이어이기에.

최상위 칭호를 가진 플레이어들의 힘을 그 누구보다도 잘 알고 있었다.

'그런 이들이 무려 열 명이야.'

다크 나이트의 저력은 실로 무시무시했다.

어쩌면 이 정도 강자들을 더 많이 보유하고 있을지도 모른다.

'적이 되면 공포 그 자체지만.'

협력 관계나 동맹 관계를 맺게 되면?

'최고지.'

믿음직한 뒷배가 생기는 것이다.

"발해길드도 다크 나이트와 협력 관계를 맺고 싶다는 건가?"

강현수의 물음에.

"물론입니다. 아니, 이미 우리는 협력 관계를 맺은 거나 마찬가지라고 생각합니다. 그래서 후원도 해 드린 거 아닙니까?"

"그때는 협력이 아니라, 지지라고 했던 거 같은데?"

"지지나 협력이나 비슷한 말 아니겠습니까?"

"뭐, 그렇기는 하지."

강현수는 검왕 장석원의 말에 순순히 동의를 해 줬다.

'어차피 발해길드도 끌어들여야 하니까.'

발해길드와 고려길드.

두 곳 모두 포섭 대상이었다.

잡으려고 했던 물고기가 알아서 그물 안으로 들어와 준다면?

그것보다 좋은 일이 어디 있겠는가?

"고려길드보다는 발해길드를 우선순위에 둬 주시겠죠?"

검왕 장석원의 물음에.

"그렇게 하지."

강현수가 선선히 승낙했다.

'우선순위 바꿔 주는 게 뭐가 어렵다고.'

어차피 누구와 먼저 협력을 맺었느냐는 그다지 중요한 사항이 아니다.

'그보다는 몇 개의 협력 길드를 만들었냐가 중요하지.'

많은 선물을 받았으니.

우선순위 정도는 얼마든지 앞 번호로 배정해 줄 수 있었다.

"그건 너무 성급한 결정이신 듯합니다."

그때 인의군왕 신창후가 끼어들었다.

"성급한 결정이라니? 그게 무슨 소리야, 영감?"

"우리 고려길드는 발해길드보다 더 나으면 나았지 뒤처지는 게 전혀 없습니다. 후원 역시 얼마든지 더 해 드릴 수 있습니다."

"뭐? 지금 나랑 한번 해보자는 거야?"

검왕 장석원이 성난 목소리로 으르렁거렸다.

"해보자는 거 맞는데."

인의군왕 신창후가 심드렁한 목소리로 검왕 장석원을 도발했다.

'왜 이러는 거지?'

강현수는 인의군왕 신창후가 왜 이러는지 쉽게 이해할 수가 없었다.

왜 갑자기 검왕 장석원을 도발한다는 말인가?

'그런데 검왕 장석원이 이런 인물이었나?'

강현수의 기억에 검왕 장석원은 이상적인 길드 마스터였다.

무력, 정치력, 냉정함, 무게감, 리더십 등등.

'그래서 만능 엔터테이너라고 생각했는데.'

한데 이제 보니 그게 아니었다.

생각보다 감정적이었고.

'훨씬 가벼워.'

발해길드의 길드원이었을 당시에는 전혀 볼 수 없던 모습이었다.

하나 검왕 장석원의 성격이 갑자기 바뀐 건 아닐 것이다.

'그저 내가 알지 못했던 것뿐이지.'

회귀 전의 발해길드 소속이었던 강현수는 길드 마스터인 검왕 장석원을 많이 봤다.

하지만.

개인적으로 친분을 나누거나 긴 대화를 나눈 적은 거의 없었다.

검왕 장석원은 길드 마스터였고.

'난 평길드원이었으니까.'

특별한 고유 스킬로 주목받기는 했지만.

'그래 봤자, 루키. 당연히 자신의 본모습을 보여 줄 필요가 없었겠지.'

회귀 전 4년 넘게 봤던 검왕 장석원의 모습보다.

오늘 하루 동안 봤던 검왕 장석원의 모습이.

더 인간 장석원에 가깝다는 생각이 들었다.

"우리 고려길드는 마왕군과 싸우는 일에 한해 다크 나이트를 전심전력으로 도울 생각이네. 발해길드는 그럴 수 있나?"

"당연히 우리도 그럴 수 있지. 오히려 영감이 이끄는 고려 길드보다 훨씬 나을걸."

"그럼 협력 문서를 작성하지. 내 우선순위도 양보하겠네."

인의군왕 신창후가 기다렸다는 듯 영혼의 계약서를 꺼내 들었다.

"어?"

잔뜩 열을 올리던 검왕 장석원의 표정이 순간적으로 굳어졌다.

"설마 다크 나이트의 수장이 있는 자리에서 허언을 한 건 아니겠지?"

인의군왕 신창후의 능글맞은 표정에.

'당했다.'

검왕 장석원은 자신이 낚였다는 사실을 알아차렸고.

강현수 역시.

'나를 도와주려고 도발했던 거군.'

인의군왕 신창후가 검왕 장석원을 도발한 이유를 알아차릴 수 있었다.

다크 나이트는 마왕군과의 전투라는 공공의 이익을 위해 움직인다.

사실 타 차원 출신 플레이어들이나 그들이 만든 길드 역시 원초적으로는 마왕군과의 전투라는 공공의 이익을 위해 만들어졌다.

하지만.

'소극적인 경우가 많지.'

거기다 자원한 것도 아니고 강제로 끌려온 처지다.

강제 징집해 놓고 목숨 걸고 마왕군과 싸워 아틀란티스 차원을 지키라고 하면?

'설득력이 없지.'

보상으로 지구로 귀환시켜 준다고는 하지만.

'그건 보상이라고 할 수 없지.'

강제로 끌고 와서 강제로 부려 먹었다.

그러는 와중에 죽은 사람도 있고 다친 사람도 있다.

그럼 양심적으로 일 끝나고 살아남은 사람은 돌려보내 주는 게 당연한 것 아니겠는가?

상황이 이러니 당연히 플레이어들은 마왕군과 싸워 아틀란티스 차원을 지켜야 한다는 사명감보다는.

'자신의 이득을 위해 움직이지.'

플레이어들이 목숨을 걸고 몬스터를 사냥하는 이유는?

'살아남기 위해서지.'

약육강식의 세계에서는 힘이 전부다.

생존을 위해서라도 힘이 필요했다.

최소한의 생존이라는 조건이 충족되면?

아틀란티스 차원에서의 안락하고 풍요로운 삶을 위해 몬스터를 사냥한다.

강함에 대한 욕망과 권력에 대한 욕구를 해소하기 위해 목숨을 내놓고 사냥에 열을 올리는 경우도 있지만.

이 역시 마왕군과의 전쟁을 대비해서가 아니라 개인의 만족감을 위해서다.

'마왕군과 싸우는 건 살아남기 위한 어쩔 수 없는 선택이지 원해서 한 선택이 아니야.'

상황이 그러니 선택의 여지가 있다면?

'길드들은 조직의 이득을 위해 움직이지 공공의 이익을 위해 움직이지 않아.'

그건 발해길드도 마찬가지였다.

한데 인의군왕 신창후가 말 몇 마디로.

'검왕 장석원을 낚아 버렸어.'

이미 입 밖으로 내뱉은 말이었고.

플레이어들의 존재 이유에도 적합하니.

'철회할 수는 없겠지.'

인의군왕 신창후가 거침없이 영혼의 계약서를 작성해 나갔다.

내용은 간단했다.

마왕군과의 전쟁이 벌어지면 전력을 다해 다크 나이트를 돕는다.

말로 하는 건 쉽다.

막상 상황이 닥치면?

이리저리 핑계를 대고 얼마든지 빠질 수 있다.

하지만 영혼의 계약서를 작성하는 순간.

'빼도 박도 못하지.'

살고 싶다면.

무조건 계약서의 내용을 지켜야 했다.

"자, 어서 서명하시게."

인의군왕 신창후가 검왕 장석원에게 영혼의 계약서를 내밀었다.

"크윽!"

검왕 장석원의 얼굴이 엉망진창으로 일그러졌다.

'이대로 사인하면 나만 손해야.'

자기가 나라의 녹을 먹는 군인도 아니고 경찰도 아닌데 왜 최전선에서 공공의 이익을 위해 싸워야 한다는 말인가?

"몇 가지 사항을 수정했으면 합니다."

결국 검왕 장석원이 조심스럽게 이의를 제기했다.

"어떤 부분을 말이지?"

강현수가 검왕 장석원에게 물었다.

"일단 우리끼리 똘똘 뭉쳐야 하지 않겠습니까? 전 단순한 협력 관계보다는 동맹을 맺는 게 더 좋다고 생각합니다."

검왕 장석원이 생각할 때 이런 협력 관계는 결국 손해밖에 없었다.

하지만 동맹을 맺게 되면?

'필요할 때 다크 나이트와 고려길드의 무력을 빌릴 수 있어.'

그럼 손해를 크게 줄일 수 있다.

아니, 그 점을 잘 이용하기만 하면?

'오히려 더 큰 이득을 볼 수도 있다.'

피할 수 없다면?

내줄 건 내주고 가지고 올 건 가지고 와야 했다.

"오호, 동맹이라."

인의군왕 신창후가 흥미롭다는 표정을 지었고.

'아주 좋아.'

강현수도 마음속으로 환호성을 터트렸다.

'애초에 동맹을 맺고 싶었는데.'

그게 힘들 것 같아 일단은 부분적인 협력 관계로 가려고 했다.

한데 가장 까다로운 상대일 것 같은 검왕 장석원이 먼저 동맹 이야기를 꺼냈다.

'어떤 속셈인지는 대충 이해가 가네.'

하지만 그 정도는?

'얼마든지 도와줄 수 있지.'

발해길드와 고려길드는 테라 왕국 3대 길드다.

이 둘이 힘을 합치고 강현수가 돕는다면?

'테라 왕국 최강의 연합 길드가 될 수도 있다.'

그건 결코 나쁜 일이 아니었다.

왜냐하면.

테라 왕국에 존재하는 또 다른 3대 길드 중 하나는.

'어차피 쳐서 없애야 하는 대상이니까.'

용호길드.

길드 마스터인 용왕 이지용과 부길드 마스터 호왕 이근택이 힘을 합쳐 만든 길드로, 규모 자체는 발해길드와 고려길드를 가뿐히 뛰어넘는다.

'같은 3대 길드라고는 하지만 발해길드와 고려길드가 힘을 합쳐야 대등해질 정도로 규모 차이가 크지.'

사실상 테라 왕국 최강의 길드라고 할 수 있었다.

문제가 있다면?

'길드 수뇌부가 마족과 계약을 했지.'

카발길드와 비슷한 케이스였다.

단 다른 점이 몇 가지 있었다.

'길드원 전원이 마족과 계약한 건 아니야.'

어디까지나 간부들만 계약을 했다.

또한.

'카발길드처럼 이미지 작업을 하지는 않았지.'

오히려 용호길드의 성향은 평소에도 매우 공격적이었다.

그래서 훗날 정체가 드러난 후에도.

'저놈들 저럴 줄 알았다는 평가가 매우 많았어.'

정체가 드러난 시점도 카발길드보다 월등히 빨랐고 말이다.

전면전이 시작되고 얼마 되지 않아 계속해서 수상한 행동을 했고.

의심이 확신으로 변하기 직전에.

'아군의 뒤통수를 치고 마왕군에 합류했지.'

용호길드의 길드원들은?

마족과 계약한 고위 간부들의 힘을 강화하기 위한 산 제물로 희생되었다.

'용호길드는 이제부터 본격적으로 세력이 커진다.'

원래도 거대했지만.

도플갱어 군단의 침공으로 수많은 길드가 몰락하고 테라 왕국이 무너지는 걸 기회로 삼아.

'소속 길드를 잃은 플레이어들과 망국의 병사가 된 테라 왕국군 출신 플레이어들을 흡수해 힘을 키웠지.'

전성기 당시 용호길드의 군사력은 가히 일국에 비견할 만했다.

'그때 당시에는 아무도 몰랐지.'

그저 운이 좋았다고 생각했다.

하지만 훗날 용호길드의 정체가 밝혀지자.

'그제야 도플갱어 군단이 용호길드를 도와줬다는 사실을 알아차렸어.'

회귀 전과 마찬가지로 지금 현재도 용호길드는 분명 도플갱어 군단과 협력하고 있을 터였다.

'카발길드와 용호길드는 경우가 달라.'

길드원 전원을 제거해야 했던 카발길드와 달리.

용호길드는 수뇌부만 제거하면 그만이다.

'용호길드가 무너지면 발해길드와 고려길드의 세상이다.'

여기에 용호길드가 와해된 후 프리가 된 플레이어들을 발해길드와 고려길드가 흡수하면?

발해길드와 고려길드의 연합은 테라 왕국 정부도 쉽게 볼 수 없을 정도로 강력한 힘을 보유하게 된다.

그렇게 강력해진 발해길드와 고려길드의 연합이 강현수의 지시대로 움직여 준다면?

'테라 왕국 전체를 통째로 손아귀 안에 넣을 수도 있어.'

다만 그러기 위해서는 한 가지 전제 조건이 필요했다.

발해길드의 길드 마스터 검왕 장석원과 고려길드의 길드 마스터 인의군왕 신창후가.

'내 휘하로 들어와야 해.'

동맹 관계도 나쁘지는 않지만.

'확실한 게 좋지.'

강현수가 용호길드에 대한 기억을 회상하며 앞으로의 계획을 세우는 동안.

"……이렇게 상호 보완적인 관계로 가는 게 더 좋다고 생각합니다."

검왕 장석원은 동맹의 장점에 대해 열변을 토해 냈다.

"어떻게 생각하십니까?"

검왕 장석원이 강현수에게 물었다.

"좋네."

"하하하, 그럼 당장 영혼의 계약서 문구부터 수정하시죠."

검왕 장석원이 함박웃음을 지으며 펜을 들었다.

"그 전에 하나 묻고 싶은 게 있는데."

"그게 뭡니까?"

"더 강해지고 싶지 않아?"

강현수의 물음에 검왕 장석원과 인의군왕 신창후의 표정이 굳어졌다.

"그게 정확히 무슨 말씀이십니까?"

질문은 검왕 장석원에게 했는데 대답을 요구하는 건 인의군왕 신창후가 먼저였다.

"말 그대로의 의미입니다. 더 강해지고 싶지 않으십니까?"

"레벨 업을 말씀하시는 건 아닌 것 같은데."

"저 두 사람의 레벨이 얼마일 것 같으십니까?"

강현수가 지금까지 꿔다 놓은 보릿자루처럼 가만히 있던 송하나와 투황을 가리키며 말했다.

"대규모 도플갱어 무리의 습격을 단둘이서 막아 냈다고 들었습니다. 그 정도라면 대략 1100~1200레벨 정도는 될 거라고 추정하고 있습니다."

인의군왕 신창후의 말에.

"레벨 상태창만 오픈해 줄 수 있어?"

강현수가 송하나와 투황에게 물었다.

"알았어."

"뭐, 그 정도쯤이야."

송하나와 투황이 레벨 상태창을 오픈했다.

플레이어 레벨 : [801]
플레이어 레벨 : [821]

송하나의 레벨이 801이었고.

투황의 레벨이 821이었다.

"허어."

인의군왕 신창후는 크게 놀랐다.

그리고 그건.

검왕 장석원 역시 마찬가지였다.

'영감이 거짓말을 할 리가 없는데.'

인의군왕 신창후는 분명 저 둘이 도플갱어 무리의 대규모
습격을 막아 냈다고 말했다.

그럼 그건 사실일 것이다.

더군다나 인의군왕 신창후는 플레이어 보는 눈이 뛰어나

기로 유명했다.

거기다.

'내가 보기에도 저 둘의 실력은 아까 봤던 자들 못지않아. 그런데 고작 800레벨 초반이라고?'

800레벨 초반대의 플레이어들은 귀하다.

또 어디 가서 당당하게 목에 힘을 주고 다닐 정도의 뛰어난 실력자다.

하지만.

'네임드 플레이어와 비교할 수는 없지.'

한데 저 두 사람의 전력은 최상위 칭호를 가진 네임드 플레이어 수준이었다.

도저히 있을 수 없는 일이 벌어진 것이다.

그러나 상태창 레벨을 두 눈을 직접 봤으니 믿지 않을 수도 없는 노릇이다.

"저에게는 다른 플레이어들의 스텟을 상승시켜 줄 수 있는 스킬이 있습니다."

강현수의 말에 검왕 장석원과 인의군왕 신창후가 눈을 부릅떴다.

"그게 정말이십니까?"

"물론입니다."

"일시적인 버프는 아닌 것 같군요. 영구적인 겁니까?"

"그렇습니다."

0레벨
플레이어

"스텟이 얼마나 상승합니까?"

"최소 모든 스텟 40%입니다. 앞으로 계속 상승할 예정이고요."

"놀랍군요. 하면 그 영구적인 버프를 받는 대가는 무엇입니까?"

당연히 공짜일 리가 없다고 생각하는 인의군왕 신창후의 물음에 강현수가 미소를 지었다.

'역시 세상 물정 모르는 바보가 아니야.'

그 누구보다도 현실적이면서도.

'인의를 행한다.'

아무나 할 수 있는 일이 아니었다.

"다크 나이트 소속이 되어야 합니다. 탈퇴도 불가능하고요."

강현수의 말이 끝나기 무섭게.

"탈퇴하면 페널티가 있는 겁니까?"

검왕 장석원이 물었다.

"페널티라고 할 것도 없지. 한번 소속되면 자의든 타의든 탈퇴가 아예 불가능하니까."

"하면 다크 나이트로서 해야 할 의무 같은 게 있습니까?"

"내 지시를 따라야 한다."

강현수의 말에 검왕 장석원이 입을 다물었다.

최소 40%.

탐이 나지 않는다면 거짓말일 것이다.

아니, 미친 듯이 탐이 났다.

마음 같아서는 당장 강현수의 멱살을 잡고 어떻게 그게 가능한지 물어보고 싶을 정도였다.

아이템과 스킬을 통해 스텟을 올리는 건 가능하지만.

40%는 SSS랭크 아이템은 되어야 가능한 수치였다.

거기다.

'모든 스텟이라고 했어.'

모든 스텟을 영구적으로 올려 주는 아이템이나 스킬은 무척이나 희귀했다.

대부분은 스텟 중 몇 개를 올려 주는 식이다.

'업적이 스텟을 올려 주기는 하지만.'

그건 퍼센트가 아니라 고정값이었다.

'EX랭크 업적도 모든 스텟 50이 한계야.'

현재 검왕 장석원의 레벨은 1300이 넘었고.

스텟의 총합은 15,000이 넘었다.

모든 스텟이 40% 증가한다면?

'스텟의 총합이 6,000이나 증가한다.'

말로 듣고도 믿기 힘든 수준의 증가치였다.

단숨에 600레벨이 상승한 것과 같은 스텟을 얻게 된다는 말 아니겠는가?

당장 수락하겠다는 말이 목구멍까지 튀어나올 것 같았지

0레벨
플레이어

만.

'참아야 한다.'

억지로 꾹 눌렀다.

'난 발해길드의 길드 마스터야.'

그런 자신이 다크 나이트 밑으로 들어간다는 말은.

'발해길드가 다크 나이트의 하위 조직이 될 수도 있어.'

자신과 길드의 명운이 달려 있는 중차대한 일인 것이다.

"그 지시는 절대적입니까?"

인의군왕 신창후가 강현수에게 물었다.

"그건 아닙니다. 자율적으로 판단하고 수락할지 거절할지
결정할 수 있습니다."

"그럼 받아들이겠습니다."

인의군왕 신창후가 시원스럽게 대답했고.

"영감, 미쳤어?"

검왕 장석원은 경악한 표정으로 인의군왕 신창후를 바라
봤다.

'뭐지? 이렇게 쉽게 수락한다고?'

검왕 장석원 못지않게 강현수도 적잖이 놀랐다.

인의군왕 신창후가 이렇게 시원스럽게 수락할 거라고는.

상상조차 하지 못했기 때문이다.

그때.

[고유 스킬 레플리카 – SS랭크를 사용합니다.]

[스택 하나가 소모됩니다.]

[선택 예지 – EX랭크의 레플리카를 만듭니다.]

[레플리카 선택 예지 – F랭크가 생성되었습니다.]

[레플리카 스킬은 원본의 200%의 능력치를 갖습니다.]

'선택 예지?'

스킬 증폭을 얻기 위한 시도 중에 전혀 듣도 보도 못한 스킬이 레플리카로 복사되었다.

'예지라는 문구가 들어가는 스킬은 미래 예지만 있는 게 아니었나?'

강현수가 화들짝 놀라 선택 예지의 정보를 확인했다.

[선택 예지 – F랭크]

–유일 패시브 스킬

–레플리카 스킬입니다.

–중요한 선택의 기로에서 두 가지 미래를 보여 줍니다.

–영구 스택 : 0개

'중요한 선택의 기로에서 두 가지 미래를 보여 준다고?'

미래 예지와 비슷한 스킬이었다.

'랜덤성이 강하다.'

그나마 차이가 있다면.

'미래 예지는 액티브 스킬이지.'

반면 선택 예지는 패시브 스킬이다.

결정적으로 영구 스택이 마음에 걸렸다.

스택은 일반적으로 충전되기 마련이지만.

'영구 스택은 사용하면 그대로 소멸해 버리겠지.'

이러면 강현수는 선택 예지를 사용할 수 없고 당연히 랭크를 올릴 수도 없다.

왜?

스택이 처음부터 0개였으니까.

'아마 EX랭크 스킬북을 습득해 얻은 스킬이겠지. 스택도 몇 개 되지 않았을 거고.'

그런 스킬을 레플리카를 통해 강제로 F랭크로 만들었으니.

이런 엉망진창의 결과가 나온 것이리라.

'레플리카 스킬 랭크가 더 성장한다면 달라질까?'

아무리 성장해도 힘들 것 같았다.

레플리카 스킬이 200% 강화되었는데도 스택이 0개라면?

300% 되어도 마찬가지일 수밖에 없다.

'이런 스킬을 가지고 있었다니.'

개인의 강함만으로 정도를 추구하며 고려길드라는 거대 길드를 만든 게 아니었다.

'선택 예지 스킬의 힘이 컸겠지.'

중요한 기로가 올 때.

자신의 선택에 따른 두 가지 미래를 보여 준다.

말 그대로.

'사기 스킬이네.'

하지만 회귀 전 인의군왕 신창후는 힘없는 이들을 구하기 위해 죽었다.

'스택이 바닥나서 자신이 죽는 미래를 보지 못한 것일 수도 있고.'

자신이 죽을 걸 알면서도 힘없는 이들을 구하기 위해 나선 것일 수도 있다.

강현수가 인의군왕 신창후를 바라봤다.

'선택 예지 스킬이 발동해서 다크 나이트에 소속되는 미래와 소속되지 않는 미래를 본 건가?'

두 가지 미래 중에 다크 나이트에 소속되는 미래가 더 밝았다면?

인의군왕 신창후의 빠른 선택이 이해가 갔다.

그러나.

"영감, 노망난 거야?"

그건 선택 예지 스킬의 존재를 알고 있는 강현수의 경우였고.

그걸 전혀 모르는 검왕 장석원의 입장에서는 황당하기 그지 없는 일일 뿐이었다.

"미친 것도 아니고 노망난 것도 아니다."

"그런데 이런 중요한 일을 그렇게 쉽게 결정한다고?"

"빠르게 강해질 수 있는 일이야. 다크 나이트에 소속된다고 해서 강제로 명령에 따라야 한다는 제약이 있는 것도 아니고. 그럼 어렵게 생각할 일이 뭐가 있나?"

인의군왕 신창후의 말에 검왕 장석원은 기가 찼다.

고려길드가 어떤 길드인가?

테라 왕국을 대표하는 3대 길드 중 하나다.

그런 초거대 길드가.

'정체도 제대로 모르는 암중 세력 다크 나이트 밑으로 들어간다고?'

좀 더 정확히 말하면 고려길드가 다크 나이트 밑으로 들어가는 게 아니라 길드 마스터인 인의군왕 신창후 개인이 들어가는 거였지만.

인의군왕 신창후가 길드원들의 절대적인 지지와 신임을 받고 있다는 점을 고려하면?

그리 큰 차이가 없었다.

"동맹을 맺는 거랑 밑으로 들어가는 건 완전히 다른 이야기야. 지시를 거부할 수 있다고 해도 그건 변하지 않는다고!"

"난 결정을 내렸다."

검왕 장석원의 말에도 인의군왕 신창후는 요지부동이었

다.

"그런 결정을 내린 이유가 뭔데? 정말 단순히 강해지고 싶기 때문이야?"

"고려길드의 존속과 생존을 위해서다."

"다크 나이트에 들어가지 않으면 고려길드가 망하기라도 해?"

검왕 장석원의 물음에.

"그럴지도 모르지."

인의군왕 신창후가 씁쓸한 표정을 지으며 대답했다.

"돌겠네."

검왕 장석원이 얼굴을 와락 일그러트렸다.

'저 영감탱이가 저렇게 나올 때 반대로 가면 꼭 안 좋은 결과가 나오는데.'

검왕 장석원은 발해길드와 고려길드가 이웃사촌인 관계로 좋든 싫든 오랜 시간을 인의군왕 신창후와 함께 보낼 수밖에 없었다.

공공의 적을 막기 위해 서로 힘을 합친 적도 있었고 이권 때문에 다툰 적도 있다.

그러나 항상 중요한 기로에서 의견이 갈리면?

'나만 손해를 봤단 말이지.'

그중에는 발해길드의 존속이 위험할 정도의 큰 사건도 하나 포함되어 있었다.

그 후.

검왕 장석원은 웬만하면 인의군왕 신창후와 같은 방향으로 움직였다.

"잘 생각해서 결정하게. 아까 나한테 자네 입으로 말했지, 다크 나이트가 길드의 멸망을 막아 준 은인이라고? 마왕군의 침공은 앞으로 더 빈번해질 수밖에 없네. 이번 일은 그 시작에 지나지 않지. 다크 나이트의 도움 없이 그 수많은 위기를 해결할 수 있을 것 같은가?"

"동맹으로는 부족하다는 말인가?"

"최소한의 대안은 되겠지만 완벽하다고는 할 수 없겠지."

"끄응."

검왕 장석원이 머리를 감싸 쥐고 깊은 고민에 빠져들었다.

"전 다크 나이트 소속이 되겠습니다. 입단 절차를 진행해 주십시오."

인의군왕 신창후의 말에 강현수가 고개를 끄덕이며 마도 기사를 대대장에서 해임한 후 지휘관 임명 스킬을 시전했다.

[플레이어 강현수가 지휘관 임명 스킬을 사용했습니다. 수락하시겠습니까?]

[예] [아니오]

인의군왕 신창후는 일말의 망설임도 없이 예를 선택했다.

화아악!

[대대장으로 임명되셨습니다.]
[모든 스텟이 15% 증가합니다.]

'지휘관의 축복.'
강현수가 A랭크인 지휘관의 축복까지 사용하자.

[지휘관의 축복을 받으셨습니다.]
[모든 스텟이 25% 증가합니다.]

인의군왕 신창후의 스텟이 총 40% 증가했다.
사아아악!
인의군왕 신창후의 몸에서 제어되지 않은 마력이 뿜어져
나와 파도처럼 넘실거렸다.
─어때?
강현수가 의지로 물었고.
─예상은 했지만.
"정말 놀랍군요."
인의군왕 신창후가 만족스러운 미소를 지으며 의지와 말
을 섞어서 대답했다.
'미친, 진짜였어.'

반면 검왕 장석원은 기겁했다.

'괴물이 더 괴물이 됐잖아.'

인의군왕 신창후가 제대로 제어하지 못해 뿜어져 나오는 마력은 검왕 장석원의 피부를 따끔거리게 할 정도로 강력했다.

그때.

"저도 휘하 길드원들의 스텟을 영구적으로 강화시켜 줄 수 있군요."

"믿을 만한 이들에게 시전하면 좋을 거다, 대가는 내가 치를 터이니. 물론 사전에 나에게 보고를 해야 되겠지만."

강현수의 말투가 바뀌었다.

"주군께 송구할 따름입니다."

하지만 인의군왕 신창후는 그걸 당연하게 받아들였다.

'자기만 강해지는 게 끝이 아니라고? 이런 망할!'

그 대화를 들은 검왕 장석원은 머리를 감싸 쥐었다.

안 그래도 괴물 같던 영감탱이가.

진짜 괴물이 되어 버렸다.

그것도 모자라.

'길드원들까지 강해진다고?'

발해길드와 고려길드는 대등한 전력을 가지고 있었다.

길드 마스터인 검왕 장석원의 실력이 인의군왕 신창후에게 한 끗발 차이로 밀리기는 했지만.

보유한 랭커 플레이어의 숫자는 발해길드가 더 많았다.

한데 인의군왕 신창후가 더 강해지고 길드 소속 랭커 플레이어들까지 강해진다면?

'힘의 균형이 깨진다.'

동맹이든 협력 관계든 힘의 균형이 맞아야 유지가 가능하다.

검왕 장석원은 다크 나이트와 동맹을 맺은 뒤 인의군왕 신창후와 힘을 합칠 생각이었다.

그럼 대충 힘의 균형이 맞을 거라고 생각한 것이다.

한데 인의군왕 신창후가 제대로 뒤통수를 쳐 버렸다.

자칫 잘못하면?

'다크 나이트와 고려길드의 뒤치다꺼리나 하는 신세로 전락할 수도 있어.'

말이 동맹이지 사실상 하부 조직 취급을 받을 수도 있다.

현대사회에도 그런 경우가 만연하지 않은가?

친구라는 이름으로 포장된 상하 관계.

동료라는 이름으로 포장된 상하 관계.

동맹국이라는 이름으로 포장된 상하 관계.

'그렇다고 다크 나이트 밑으로 들어가면 상하 관계가 확정되는 건데.'

절대적이지 않다고는 하지만.

정말 부당한 지시가 아니라면?

상사가 까라는데 부하 직원이 싫다고 거부할 수 있는 경우가 얼마나 되겠는가?

　'고민이 많은가 보네.'

　사실 이게 당연한 거고.

　'인의군왕 신창후의 경우가 특이했던 거지.'

　송하나나 투황처럼 오랜 시간 친분을 쌓아 온 것도 아니고.

　황금 군주 사에마알이나 암왕 세실리아처럼 절박한 것도 아니다.

　거기다 이반 야멜리코넨처럼 호구도 아니니.

　사실 제안은 했지만.

　'곧바로 수락하진 않을 거라고 생각했지.'

　그저 밑겨야 본전이라는 생각으로 밑밥을 깔아 놓은 것뿐이다.

　그래야 정말 힘이 필요한 절박한 상황이 닥쳤을 때.

　'내가 한 말을 떠올릴 테니까.'

　한데 인의군왕 신창후의 결정 덕분에 일이 쉬워졌다.

　거기다.

　-주군, 제가 설득해 보겠습니다.

　인의군왕 신창후가 먼저 나섰다.

　-가능하겠어?

　-제 스킬을 보여 줄 생각입니다.

-무슨 스킬?

-선택 예지라는 스킬인데, 제가 빠른 결정을 내릴 수 있게 도와준 녀석입니다.

-예지 스킬인가 보군.

-예, 제가 선택한 미래와 선택하지 않은 미래를 보여 줍니다. 하지만 이제 아쉽게도 그 효용이 다했습니다.

-다크 나이트에 들어온다는 선택을 했을 때 본 미래가 뭐지?

-생존입니다.

-들어오지 않았을 때의 선택지는?

-죽음이었죠.

'그랬구나.'

설사 휘하로 들어오지 않더라도 동맹으로 지켜 주고 챙겨 줄 생각이었다.

인의군왕 신창후는 그럴 만한 가치가 있는 사람이었으니까.

그러나 그 정도로는.

'회귀 전에 맞이했던 죽음을 비틀 수 없었던 모양이군.'

그럴 만도 했다.

앞으로 점점 거세질 마왕군의 침공은.

'아틀란티스 전역을 불바다로 만들 정도로 강력하니까.'

이제 겨우 첫 번째를 막았고.

0레벨
플레이어

두 번째를 막고 있는 중일 뿐이다.

"잠깐 이야기 좀 하자."

인의군왕 신창후의 말에.

"좋아."

검왕 장석원이 따라나섰다.

약간의 시간이 흐른 후.

인의군왕 신창후와 검왕 장석원이 함께 모습을 드러냈다.

"저도 다크 나이트에 들어가겠습니다."

검왕 장석원이 결국 결정을 내렸다.

인의군왕 신창후의 설득이 통한 것이다.

'단순히 스킬을 보여 줬다고 해결될 일이 아니지.'

그간 인의군왕 신창후가 보여 준 삶의 흔적들이.

검왕 장석원을 설득시켜 주는 밑거름이 되었을 것이다.

'두 사람의 신뢰가 꽤 두터웠구나.'

놀라울 따름이었다.

왜냐하면.

회귀 전 검왕 장석원의 목을 벤 사람이.

'인의군왕 신창후였으니까.'

대머리 영감이라고 놀리는 것부터.

강현수를 따라 수하들 없이 홀로 경쟁 상대라고 할 수 있는 고려길드의 길드 하우스로 찾아온 것까지.

두 사람의 사이가 강현수의 예상보다 훨씬 더 각별했던 모양이다.

'회귀 전에는 도플갱어들의 수작질에 원수지간이 되어 버렸지만.'

이제 그런 미래는 없다.

도플갱어의 수작질을 원천 봉쇄하기도 했고.

또 다른 오해가 생기더라도.

'내가 풀어 줄 수 있어.'

애초에 둘 모두 강현수의 휘하에 들어온 이상.

서로가 서로를 적대할 일은 없을 것이다.

'좋네.'

회귀 전 목숨을 잃었던 두 사람의 운명을 뒤틀었다는 사실이.

참 기분 좋게 다가왔다.

첫 번째 선물

강현수가 검왕 장석원을 상대로 지휘관 임명 스킬을 사용했다.

[플레이어 강현수가 지휘관 임명 스킬을 사용했습니다. 수락하시겠습니까?]
[예] [아니오]

검왕 장석원이 잠시 망설이다가.
결국 예를 선택했다.
화아악!

[대대장으로 임명되셨습니다.]

[모든 스텟이 15% 증가합니다.]

"오오오!"

증가한 스텟에 검왕 장석원이 환호를 터트렸다.

그리고 잔뜩 기대하는 눈빛으로 강현수를 바라봤다.

하지만.

"다른 스킬 하나는 쿨타임 때문에 조금 기다려야 한다."

아직 쿨타임이 4시간 조금 안 되게 남아 있었다.

사실 이것도 많이 준 거였다.

F랭크였을 때는 무려 24시간이었으니까 말이다.

"얼마나 깁니까? 일주일? 아니, 너무 짧은가? 혹시 몇 달
이나 걸리는 건 아니겠죠?"

검왕 장석원은 쿨타임이 꽤 길 거라고 생각하는 모양이다.

"4시간이면 끝나."

강현수가 대답에.

"겨우 4시간."

검왕 장석원이 허탈한 표정을 지어 보였다.

"완전 사기 스킬이군요. 쿨타임이 그렇게 짧다니."

"그에 합당한 페널티가 있다."

스텟을 소모한다는 치명적인 단점.

인원수에 제한이 있다는 단점.

"뭐, 그렇기는 하겠군요."

"새롭게 생긴 스킬이 있을 거다."

"오, 그러네요. 지휘관 임명에 지휘관의 축복까지. 둘 다 스텟 상승폭이 엄청나군요. 어라? 그런데 페널티가……."

검왕 장석원이 놀란 눈빛으로 강현수를 바라봤다.

"보고만 하면 네 재량껏 사용해도 좋다."

"알겠습니다."

"그리고 추가로 알려 줄 것이 있다."

강현수는 지휘관 임명을 받은 플레이어가 차게 되는 족쇄에 대해 설명했다.

"지휘관 임명 스킬을 시전한 플레이어가 죽으면 지휘관 임명을 받은 플레이어도 같이 죽는다. 일종의 운명 공동체지."

그 말을 들은 검왕 장석원의 입이 쩍 하고 벌어졌다.

그리고 원망스러운 눈빛으로 인의군왕 신창후를 째려봤다.

하지만 인의군왕 신창후는 태연하게 검왕 장석원의 시선을 무시했다.

"또 대대 소멸이라는 스킬을 사용하면 언제 어디서든 휘하의 지휘관을 소멸시킬 수 있다."

그 말은 강현수 또한 여단 소멸이라는 스킬을 통해 언제든 검왕 장석원과 인의군왕 신창후를 소멸시킬 수 있다는 뜻이었다.

"완전히 코가 꿰었네."

검왕 장석원이 고개를 푹 숙이며 중얼거렸다.

"그래도 죽는 것보다는 낫지 않나."

인의군왕 신창후가 웃는 얼굴로 검왕 장석원에게 말했다.

"뭐, 그렇기는 하지."

검왕 장석원이 반쯤 자포자기한 목소리로 대답했다.

"내 제안을 거절했을 때 도대체 무슨 미래를 본 거지?"

강현수의 물음에 인의군왕 신창후가 담담한 목소리로 대답했다.

"저와 장석원의 죽음과 길드의 멸망을 봤습니다."

"두 사람이 같이?"

"예, 마족 하나가 쳐들어와서 힘을 합쳐 싸웠는데, 길드원들은 전멸하고 저랑 이 친구도 사이좋게 하늘나라로 가더군요."

"내가 지원을 가지 않았나?"

"당장 올 수 없는 상황이었던 듯합니다."

"그럼 받아들인 쪽은?"

"다행히 주군이 지원을 와 주실 동안 저와 장석원이 마족을 상대로 버틸 수 있었습니다."

"적은 누구지? 도플갱어였나?"

"정확히는 모르겠습니다. 하지만 엄청나게 강했습니다. 신급 칭호를 가진 플레이어도 그자의 상대가 되지는 못할 것

0레벨
플레이어

같더군요. 주군 덕분에 스텟이 늘어나지 않았다면, 저희 둘
다 지원이 오기 전에 죽었겠죠."

'도플갱어들의 수장이 쳐들어온 건가?'

아니면 다른 마족일 수도 있었다.

'내가 지원 요청을 받았는데도 오지 못했다면, 다른 마족
이 또 등장했다는 건데.'

테라 왕국은 도플갱어 군단의 공격에 멸망했다.

그렇기에 강현수는 도플갱어 군단의 침공에서 살아남은
테라 왕국의 미래가 어떻게 되는지는 알지 못했다.

"저, 주군, 다크 나이트에 미래를 예지하는 스킬을 가진
플레이어가 있다고 하던데 사실입니까?"

검왕 장석원이 강현수에게 물었다.

"사실이다. 그렇기에 내가 도플갱어 군단의 침공을 대비
하기 위해 테라 왕국으로 온 거다."

"어떤 미래가 펼쳐졌기에 오신 겁니까? 혹시 도플갱어의
수작에 휘말려 발해길드가 무너지기라도 합니까?"

검왕 장석원의 물음에.

잠시 고민하던 강현수가 고개를 가로저었다.

"테라 왕국과 고려길드는 무너지지만 발해길드는 무너지
지 않는다."

"역시!"

검왕 장석원이 만족스러운 미소를 지었다.

"하지만 넌 죽지."

"제가요?"

검왕 장석원이 얼굴을 찌푸렸지만.

"그래."

강현수의 대답은 단호했다.

"누가 절 죽인다는 말입니까? 마족입니까?"

검왕 장석원의 물음에 강현수가 인의군왕 신창후를 힐끔 쳐다봤다.

"제가 저 영감탱이 손에 죽는다고요?"

"내가 개입하지 않았으면 그렇게 되었을 거다."

확신에 찬 강현수의 말에 검왕 장석원이 얼굴을 찌푸렸다.

기분이 나빴다.

하지만.

'그랬을 수도 있어.'

자신의 실력이 인의군왕 신창후에 비해 밀린다는 사실 정도는 인지하고 있었다.

거기다.

'애초에 주군의 개입이 없었다면 무조건 발해길드와의 전쟁이 벌어졌겠지.'

도플갱어들의 존재를 안다면 모를까, 모르는 상태에서는?

'무조건 당할 수밖에 없어.'

그래도.

"저는 죽지만 그래도 발해길드가 고려길드를 이기기는 하는 모양이네요."

검왕 장석원이 이상한 부분에서 자부심을 가졌다.

"고려길드가 멸망한다라. 그럼 전 어떻게 됐습니까? 죽었습니까?"

"그래."

"그렇군요."

인의군왕 신창후는 자신이 죽을 수도 있었다는 사실을 덤덤히 받아들였다.

검왕 장석원처럼 어떻게 죽었는지 물어보지도 않았다.

오히려.

"그럼 용호길드는 어떻게 되었습니까?"

테라 왕국 3대 길드 중 하나인 용호길드에 대해 물었다.

"승승장구하지."

"예? 그 호전적인 놈들이 승승장구한다고요?"

검왕 장석원이 화들짝 놀라 물었다.

"그래."

"도대체 왜요?"

"용호길드의 수뇌부는 마족과 계약한 마왕의 하수인들이니까."

"용호길드의 수뇌부가 마왕의 하수인이라고요?"

"그게 정말이십니까?"

검왕 장석원과 인의군왕 신창후가 크게 놀라며 되물었다.

"그래, 덕분에 테라 왕국이 망하고 다른 길드들이 무너지는 와중에 도플갱어들의 도움을 받아 길드가 아니라 국가 조직이라고 해도 무방할 정도로 엄청나게 성장해 버리지."

"내가 그놈들 그럴 줄 알았어. 처음부터 마음에 안 들었다니까."

"용호길드의 급격한 성장이 좀 의심스럽기는 했지만, 그런 이유가 있었을 줄은 몰랐군요."

"지금은 사라진 미래일 뿐이야. 도플갱어를 감별하는 방법을 대대적으로 알려라. 그럼 테라 왕국이 무너질 일도 없을 테니까."

"알겠습니다."

"그렇게 하겠습니다."

"그리고 앞으로는……."

강현수가 검왕 장석원과 인의군왕 신창후에게 앞으로 해야 할 일에 대한 지시를 내렸다.

대부분이 발해길드와 고려길드의 성장에 도움이 되는 일이었기에 검왕 장석원과 인의군왕 신창후는 선선히 수긍했다.

그러는 와중에 시간이 계속 지나갔고.

[고유 스킬 레플리카 - SS랭크를 사용합니다.]

[스택 하나가 소모됩니다.]

[스킬 증폭 - EX랭크의 레플리카를 만듭니다.]

[레플리카 스킬 증폭 - F랭크가 생성되었습니다.]

[레플리카 스킬은 원본의 200%의 능력치를 갖습니다.]

강현수는 스킬 증폭 스킬을 손에 넣을 수 있었다.

'진짜 힘들었네.'

스택은 진작에 떨어진 상태였고.

대화를 나누며 스택이 충전될 때마다 계속해서 시도해서 겨우겨우 손에 넣었다.

그리고 그렇게 손에 넣은 스킬 증폭은.

'예상대로다.'

역시 F랭크부터 10%의 증폭 능력을 보여 주었다.

'레플리카 스킬이니 효과가 두 배로 늘어나지.'

그렇기에 고작 F랭크 스킬임에도.

'모든 스킬의 위력이 20% 증폭된다.'

단 아쉬운 점이 하나 있다면.

'패시브 스킬이 아니었을 줄이야.'

강현수는 당연히 패시브 스킬인 줄 알았다.

한데 아니었다.

액티브 스킬이었다.

'인의군왕 신창후가 철저하게 자신을 감췄구나.'

액티브 스킬이라는 사실이 드러났다면?

인의군왕 신창후는 더 많은 도전을 받았을 것이다.

거기다.

'쿨타임도 기네.'

무려 30일의 쿨타임을 가지고 있었다.

그나마 다행이라면 발동 시간이 넉넉하다는 것.

'1시간이면 충분하긴 하지.'

거기다 랭크가 올라가면?

'쿨타임은 줄어들고 발동 시간은 길어진다.'

그러다 보면?

'사실상 쿨타임이 사라질 수도 있어.'

원본 스킬 증폭으로는 불가능하겠지만.

'내가 가진 스킬 증폭은 레플리카 스킬이야.'

레플리카 스킬은 원본을 강화시킨다.

다만 안타깝게도.

'쿨타임은 줄여 주지 못하지.'

하지만.

'발동 시간은 강화가 된다.'

EX랭크가 되어 쿨타임이 하루 단위로 줄어들고.

레플리카가 EX랭크가 되어 강화가 200%가 아니라 300%
가 된다면?

'발동 시간도 세 배 늘어나지.'

그렇게 되면?

'액티브 스킬인 스킬 증폭을 패시브 스킬처럼 상시 사용할 수 있어.'

물론 아직은 먼 미래의 일에 불과했다.

레플리카의 랭크는 SS였고.

스킬 증폭은 F랭크에 불과했으니까 말이다.

다만.

'스킬 증폭이 스킬 강화의 위력도 증폭시켜 줄 거야.'

거기다 스킬 증폭과 스킬 강화는 둘 다 레플리카 스킬.

둘을 동시에 발동시키면?

'이전보다 더 빠르게 레플리카 스킬의 랭크를 올릴 수 있다.'

단 SS랭크가 된 만큼 쉽게 성장하지는 않을 것이다.

사실 가끔씩 다른 스킬에 스킬 강화를 시전하면 어떨까 하는 유혹이 들기도 했다.

하지만.

'내 근본은 레플리카 스킬이다.'

일단 SS랭크에서 만족하고 다른 스킬에 스킬 강화를 사용하면 보다 빠르게 강해질 수 있다.

그러나.

'단기적으로는 이득이라도 장기적으로는 손해야.'

모든 일은 길게 보고 가야 했다.

그러기 위해서는.

'일단 레플리카 스킬을 EX랭크로 만들어야 해.'

앞으로의 일에 대한 대화를 나눈 후.

강현수는 송하나와 투황을 데리고 발해길드로 돌아갔다.

※

마족인 도플갱어의 존재.

거기다 도플갱어를 감별하는 방법이 발해길드와 고려길드의 입을 통해 사방으로 퍼져 나갔다.

중소 길드 소속 플레이어들을 통해 어느 정도 소문이 퍼져 있는 상태였다.

하지만 반신반의하는 사람이 많았다.

플레이어와 똑같이 변할 수 있는 존재라니?

자칫 잘못하면 도시 괴담처럼 들릴 수도 있었다.

하지만 거대 길드라고 할 수 있는 발해길드와 고려길드가 나서서 공식적으로 도플갱어의 존재와 감별법에 대해 알리고 자신들의 피해 사례를 공개하자.

상황이 급변했다.

테라 왕국의 왕족과 귀족들 그리고 수많은 길드들이 대대적인 도플갱어 감별에 들어갔다.

그 결과.

도플갱어들의 존재가 만천하에 드러났다.

하루에도 수십 번씩 인간과 도플갱어 들의 전투가 벌어졌다.

도플갱어들은 그저 적당히 인간 사회 속에 스며들었을 뿐.

아직 제대로 자리를 잡지 못한 상태였다.

그런 상태에서 정체가 탄로 나니.

결국은 몸을 피할 수밖에 없었다.

도플갱어들 입장에서는 어처구니가 없었다.

자신들의 정체를 알아낸 것도 놀라운데.

정체를 감별하는 방법 자체도 황당할 정도로 간단했기 때문이다.

하나 도플갱어가 아님에도 급변하는 상황에 크게 당황하고 있는 이들이 있었다.

그들은 바로 테라 왕국 3대 길드 중 하나인 용호길드의 길드 마스터 용왕 이지용과 부길드 마스터 호왕 이근택이었다.

"도플갱어의 존재가 왜 벌써 알려진 거야?"

"그러게. 일이 꼬였네."

"도플갱어가 전투력은 떨어져도 위장 실력 하나만큼은 최고라고 믿고 있었는데, 이런 황당한 약점이 있었다니."

"감출 수는 없는 건가?"

"자기 피를 무슨 수로 바꿔?"

"그건 그렇지."

"그럼 계획은 어떻게 되는 거야?"

"어떻게 되긴, 완전히 무산되는 거지."

용왕 이지용과 호왕 이근택이 동시에 한숨을 푹 하고 쉬었다.

도플갱어 군단의 도움을 이용해 용호길드의 규모를 키우려던 계획이 시작부터 어긋났기 때문이다.

"이제 어떻게 하지?"

"다른 방법을 찾아봐."

용왕 이지용과 호왕 이근택이 대화를 이어 나가는 중에 갑자기 강대한 마력의 유동이 느껴졌다.

"뭐지?"

"습격이다."

용왕 이지용과 호왕 이근택이 자리에서 벌떡 일어났다.

그 순간.

꽈아아앙!

커다란 폭발음과 함께.

콰지지직!

용호길드의 길드 하우스 일부가 힘없이 무너져 내리기 시작했다.

강현수는 도플갱어들에 대한 소문이 퍼진 직후 용호길드가 지배하는 대도시 베슬퍼실로 향했다.

'용호길드 놈들이 괜한 수작질을 부리기 전에 속전속결로 처리한다.'

이번 공격으로 용왕 이지용과 호왕 이근택의 숨통을 끊을 수 있으면 가장 좋겠지만.

'현실적으로 어렵겠지. 그래도 일단 혼란을 일으켜야 할 필요성이 있어.'

강현수가 대대장으로 임명된 소환수를 소환했다.

용호길드를 친다는 말에 검왕 장석원과 인의군왕 신창후도 함께 가기를 원했지만.

강현수가 거절했다.

'그 두 사람은 너무 유명해.'

테라 왕국이 아닌 다른 나라라면?

정체가 드러날 확률이 거의 없다.

하지만 테라 왕국에서는?

'주력 스킬만 사용해도 검왕 장석원과 인의군왕 신창후의 정체를 알아낼 수 있어.'

테라 왕국 내에서 용호길드의 아성에 도전할 수 있는 길드는 발해길드와 고려길드뿐이다.

그런 상황에서 용호길드를 습격한 자들 중 둘이 검왕 장석원과 인의군왕 신창후로 의심되는 스킬을 사용한다?

자칫 잘못하면 전쟁이 벌어질 수도 있었다.

'전쟁은 없어야 한다.'

괜히 아무 죄 없는 플레이어들을 희생시킬 수는 없었다.

'죄의 대가는 죄를 저지른 놈들에게 물어야지.'

소환수를 소환한 강현수가.

―공격.

공격 명령을 내렸고.

수환수들이 일제히 마력을 끌어 올려 공격 스킬을 날렸다.

꽈아아아앙!

온갖 종류의 공격 스킬들이 용호길드 간부들의 숙소를 공격했다.

'방어 스킬을 덕지덕지 발라 놨네.'

완전히 가루로 만들 생각이었는데.

일부가 부서지는 것에 그쳤다.

"적습이다!"

"다 튀어 나가!"

기습을 받은 용호길드의 길드 하우스 안에서 플레이어들이 벌 떼처럼 쏟아져 나왔다.

'일반 길드원은 공격 대상이 아니야.'

강현수가 노리는 건 마족과 계약해 마왕의 하수인으로 전락한 용호길드의 간부들이었다.

―죽여.

강현수의 명령에 따라.

꽈꽈꽈꽈꽈!

0레벨
플레이어

각양각색의 오러에 휩싸인 플레이어들이 부서진 숙소에서 기어 나오는 용호길드의 간부들을 향해 달려들었다.

꽈앙! 꽈앙! 꽈앙!

소환수들과 용호길드 간부들이 충돌하자 커다란 폭발이 연달아 터져 나왔다.

"커억!"

"강하다!"

"네임드 플레이어야!"

용호길드의 간부들이 무더기로 죽어 나갔다.

간부 중에는 네임드 플레이어와 랭커 플레이어도 있었지만.

소환수들의 집중 공격을 견딜 수는 없었다.

"이런 건방진 놈들!"

"감히 용호길드를 습격하다니!"

그때 용왕 이지용과 호왕 이근택이 모습을 드러냈다.

용왕 이지용이 스킬을 사용하자.

화아아악!

밝은 빛무리와 함께 용종 몬스터들이 소환되었다.

호왕 이근택의 경우.

우득! 우득!

근육이 부풀어 오르며 전신에서 수북한 털이 돋아났다.

또한 그와 동시에 입속에서는 날카로운 이빨이 돋아나고

손가락 끝에서는 칼날 같은 손톱이 길게 자라났다.

－커어어엉! 이놈들!

완전한 반인반수의 모습이 된 호왕 이근택이 소환수들을 향해 달려들었고.

캬우우우웅!

소환된 용종 몬스터들이 강현수의 소환수들을 향해 브레스를 뿜어냈다.

'용왕과 호왕이라.'

용왕 이지용은 보기 드문 소환술사였다.

그것도 용종 몬스터를 소환해 부리는.

'처음에는 그저 특이한 스킬이라고 생각했는데.'

나중에 알고 보니 계약한 마족이 하사해 준 힘이었다.

호왕 이근택은.

'야수화와 비슷한 고유 스킬을 보유하고 있지.'

스킬의 이름은 산군 강림.

사용하면 호랑이의 형상을 한 반인반수로 변하며 모든 신체 능력이 급상승한다.

'레플리카 스킬로 만들까도 했었는데.'

칼무스 공작 덕분에 최상급 야수화 레플리카 스킬을 얻었기에 포기한 스킬이었다.

'그래도 혹시 모르니 확인해 볼까?'

강현수가 호왕 이근택을 대상으로 레플리카 스킬을 시전

하며 전장에 합류했다.

카오오오!

용종 몬스터들이 성난 포효를 터트리며 덤벼들었다.

하위 용종 몬스터는 하나도 없었고 대부분이 중상위 용종 몬스터였다.

'단숨에 베어 버린다.'

콰콰콰콰콰!

강현수의 검에서 핏빛 오러가 솟구쳤다.

그때.

카우우웅!

공격을 하려던 용종 몬스터들이 강현수 앞에서 멈칫하더니 고개를 갸웃거렸다.

그사이.

서걱!

핏빛 오러에 휩싸인 강현수의 검이 용종 몬스터들을 쓸어 버렸다.

비슷한 일이 계속 반복되었다.

"저놈은 뭐야?"

용왕 이지용이 얼굴을 찌푸리며 최상위 용종 몬스터인 드라칸과 드래고니안 들을 강현수에게 보냈다.

-용왕님의 적!

-크르릉! 적을 죽여라!

하지만.

─이, 이분은.

─군주시여.

살기를 뿜어내며 기세등등하게 달려든 최상위 용종 몬스터들이.

털썩!

일제히 강현수 앞에 무릎을 꿇었다.

'효과가 있기는 하네.'

강현수가 묘한 표정을 지었다.

'그동안 써먹을 일이 없어서 몰랐는데, 효과가 좋네.'

마룡 카라스를 사냥한 후 나온 스킬 중 하나인 EX랭크 스킬, 용종 몬스터의 군주.

패시브 스킬이었고.

그간 용종 몬스터를 사냥할 일이 없었기에 딱히 그 효용을 알아차리기도 힘들었다.

한데.

'이제야 제대로 빛을 발하네.'

격이 낮은 용종 몬스터를 지배한다는 옵션 때문에 조금 애매했는데.

최상위 용종 몬스터인 드라칸과 드래고니안이 강현수보다 격이 낮다면?

'사실상 모든 용종 몬스터를 지배할 수 있는 거네.'

이지용이 용왕이라는 칭호를 손에 넣을 수 있었던 이유는 용종 몬스터를 거의 무한대로 소환하고 부릴 수 있다는 점 때문이었다.

그런데 애써 소환한 용종 몬스터들이 용왕 이지용이 아닌 강현수의 명령을 따른다면?

'저놈은 허수아비에 불과하지.'

그리 큰 기대를 하지는 않았는데.

'잘하면 저놈 목을 날려 버릴 수도 있겠어.'

강현수가 용종 몬스터들에게 둘러싸여 있는 용왕 이지용을 향해 달려들며.

"모두 물러나라."

명령을 내리자.

좌악!

용왕 이지용을 보호하고 있던 용종 몬스터들이 일제히 양옆으로 비켜났다.

"이런 미친! 저놈을 죽여! 죽이라고!"

화들짝 놀란 용왕 이지용이 용종 몬스터들에게 명령을 내렸다.

-용왕님의 명령이다! 저 인간을 죽여라!

최상위 용종 몬스터 중 일부가 강현수에게 달려들었다.

"비켜."

강현수가 다시 명령을 내리자.

–군주님의 명령이다! 길을 뚫어라!

용종 몬스터들이 두 패로 갈라져 자기들끼리 전투를 벌였다.

'내 근처에 있는 놈들은 내 말을 듣고 저놈이랑 더 가까운 곳에 있는 놈들은 저놈 말을 듣네.'

어쩌면 용왕 이지용 역시.

'용종 몬스터의 군주와 비슷한 스킬을 가지고 있을 수도 있겠어.'

어쩌면 똑같은 스킬일 수도 있고 말이다.

'성능은 비슷한 거 같고.'

용종 몬스터들이 서로 죽고 죽이고 있는 걸 보면 확실했다.

"이런 빌어먹을! 이게 어떻게 된 거야!"

용왕 이지용이 욕설을 내뱉었다.

강현수가 다가오면?

용왕 이지용의 명령을 듣던 용종 몬스터들이 태도를 바꿔 방금 전까지 아군이었던 이들을 공격했다.

즉 강현수를 상대로는 아무리 많은 용종 몬스터를 소환해 호위로 삼아도 아무런 의미가 없었다.

"그냥 죽어!"

타악!

용족 몬스터들의 호위를 가볍게 무시하고 다가온 강현수

가 용왕 이지용을 향해 달려들었다.

우득! 우득!

그 순간 용왕 이지용의 몸이 변화를 시작했다.

근육이 부풀어 올랐고 전신에서 황금빛 비늘이 돋아났으며.

주둥이가 튀어나오며 날카로운 이빨이 자라났고.

엉덩이에서는 꼬리가, 이마에서는 뿔이 튀어나왔다.

'용인화.'

용왕 이지용이 강한 이유.

소환술사 계열이면서도.

'강력한 근접 전투력을 가졌지.'

콰콰콰콰콰!

핏빛 오러에 휩싸인 강현수의 검과 황금빛 오러에 휩싸인 용왕 이지용의 손톱이 정면으로 충돌했다.

꽈아아앙!

커다란 폭음과 함께 주변이 초토화되었다.

꽈앙! 꽈앙! 꽈앙!

강현수가 연속적으로 검을 휘두르며 용왕 이지용을 압박했다.

하지만.

'단단하네.'

황금빛 비늘에 휩싸인 용왕 이지용은 크고 작은 상처를 입기는 했어도.

절대 급소를 내어 주지 않았다.

'뱀피릭 오러가 발동 중인데도 이 정도 방어력이라니.'

뱀피릭 오러는 용왕 이지용의 몸을 보호하고 있는 오러와 방어 스킬들을 실시간으로 분쇄하고 있었다.

그럼에도 불구하고.

용왕 이지용은 황금빛 비늘의 엄청난 방어력으로 강현수의 공격을 막아 냈다.

하지만.

'그게 전부지.'

강현수를 공격한다거나 틈을 만들어 도주한다거나 하는 행동은 꿈도 꾸지 못했다.

그때.

[고유 스킬 레플리카 - SS랭크를 사용합니다.]

[스택 하나가 소모됩니다.]

[산군 강림 - EX랭크의 레플리카를 만듭니다.]

[레플리카 스킬 산군 강림 - F랭크가 생성되었습니다.]

[레플리카 스킬은 원본의 200%의 능력치를 갖습니다.]

산군 강림 스킬을 손에 넣었다.

'어디 보자.'

강현수는 산군 강림 스킬의 정보를 살펴봤다.

'일부 스텟 증폭은 야수화보다 좋네.'

하지만 페널티가 너무 컸다.

'힘, 민첩, 체력 스텟이 증가하는 대신 마력 스텟과 정신력 스텟이 줄어드네.'

완전 공격형 근접 딜러 스텟이 되는 것이다.

호왕 이근택이야 공격형 근접 딜러니 상관없지만.

'나한테는 손해야.'

강현수는 탱딜힐 가릴 것 없이 모든 역할을 소화해 낼 수 있는 플레이어다.

당연히 정신력 스텟이 깎이는 건 탱커 역할에 부적합하고.

마력 스텟이 깎이는 건 뱀피릭 오러나, 안티 힐, 불멸의 성화 같은 스킬의 위력을 감소시키기에.

'쓸모없네.'

삭제하는 게 좋아 보였다.

'그럼 이번에는 용인화를 한번 얻어 볼까?'

꼭 필요한 건 아니지만.

산군 강림처럼 한번 뜯어볼 필요는 있어 보였다.

거기다 용왕 이지용에게 레플리카 스킬을 사용하면?

'저 녀석이 보유한 스킬 목록을 알 수 있지.'

강현수가 용왕 이지용에게 레플리카 스킬을 시전했다.

그런데.

[고유 스킬 레플리카 – SS랭크를 사용합니다.]
[스택 하나가 소모됩니다.]
[용인화 – EX랭크의 레플리카를 만듭니다.]
[레플리카 스킬 용인화 – F랭크가 생성되었습니다.]
[레플리카 스킬은 원본의 200%의 능력치를 갖습니다.]

한 번에 용인화 스킬을 얻었다.

'운이 좋네.'

강현수가 용인화 스킬의 옵션을 살폈다.

그런데.

'이건 뭐야?'

용인화 스킬 역시 산군 강림 못지않게 극단적이었다.

'방어력 올인이네.'

엄청 단단하다 했더니.

발동 시 물리 공격 저항력과 스킬 공격 저항력 그리고 체력 스텟과 정신력 스텟이 급상승하는 종류의 스킬이었다.

'거기다 자가 치유 능력도 있고.'

다만 한 가지 단점이 있었다.

'힘, 민첩, 마력 스텟이 크게 감소하네.'

거기다 추가로 이동하지 않을 시 모든 방어 효과가 세 배로 증가하는 사기 옵션까지 붙어 있었다.

'하긴.'

0레벨
플레이어

처음에는 이상했지만.

금방 납득할 수 있었다.

'어차피 이 녀석은 소환술사야.'

기동성이 제로가 되는 것 정도는 그리 큰 페널티가 아니었다.

오히려 기동성을 포기하더라도 방어력과 자가 치유 능력을 올리는 게 더 좋은 선택이었다.

자신의 몸을 단단하게 보호하기만 하면?

소환수들이 알아서 적을 처리해 주니까.

'살아 있는 용종 몬스터 소환 토템이 되는 거지.'

객관적으로 보면 스킬 조합과 완성도가 무척 높았다.

단지 그 방법이.

마룽 카라스가 선물해 준 EX랭크 스킬, 용종 몬스터의 군주를 보유한 강현수에게는 통하지 않았을 뿐이다.

'뭐, 다른 녀석들한테는 잘 통하겠지.'

사실 용인화 스킬은 강현수 같은 소환술사 계열에게 무척이나 좋은 개꿀 스킬이었다.

하지만.

'레플리카의 자리 하나를 차지할 정도의 가치는 없어.'

강현수는 소환수들을 전방에 내보내고 후방에 머무는 책사형 지휘관이 아니다.

최전선에서 함께 검을 휘두르고 전투를 치르는 장군형 지휘관이다.

그런 강현수에게 용인화 스킬은.

'큰 쓸모가 없어.'

강현수가 용인화 스킬을 삭제했다.

강현수가 용왕 이지용을 상대로 다시 레플리카 스킬을 사용하려 할 때.

"길드 마스터를 구해라!"

용호길드의 길드원들이 속속 합류해 덤벼들기 시작했다.

"정체불명의 불한당들을 제거해라!"

덤으로 대도시 베슬퍼실의 치안을 관리하는 테라 왕국의 정규군까지 들이닥쳤다.

'이만 가 봐야겠네.'

죄 없는 이들을 죽일 생각도 없고.

'그럴 필요도 없지.'

괜히 드잡이질을 벌여 봐야 발목만 잡힐 뿐이다.

대다수가 300~400레벨대의 플레이어들이지만.

그 숫자가 어마어마했다.

거기다 전투가 길어지면?

중소 길드 소속 고레벨 플레이어나 테라 왕국군 소속의 고레벨 플레이어들이 합류할 확률이 높았다.

'어차피 목적은 달성했어.'

강현수가 몸을 피하려고 하자.

"이놈, 어딜 가느냐!"

지금껏 몸을 웅크리고 있던 용왕 이지용이 강현수에게 덤벼들었다.

'바보 같은 놈.'

움직이면 방어력 세 배 증가 효과가 사라진다.

강현수가 용왕 이지용의 주력 스킬 중 하나인 용인화의 단점을 몰랐다면?

공격 대신 방어를 선택했을 것이다.

괜히 제대로 먹히지도 않는 공격을 가하느니.

그 시간에 용왕 이지용의 공격을 막고 도주하는 게 더 효율적이었으니까.

하지만 안타깝게도 레플리카 스킬이 제대로 발동한 탓에 한 번의 시도만으로 용인화 스킬의 레플리카를 만들었던 강현수는.

휘익!

방어 대신 공격을 선택했다.

강현수가 휘두른 검이 용왕 이지용의 목을 향해 날아갔다.

"큭!"

용왕 이지용이 몸을 비틀며 팔로 목을 보호했다.

그 때문에 목을 베어 내지는 못했지만.

좌악!

팔 하나는 잘라 낼 수 있었다.

"아아악!"

용왕 이지용이 비명을 지르며 잘린 팔의 단면을 움켜쥐었다.

휘익!

강현수가 다시 검을 휘둘렀지만.

서걱!

방어력 세 배 증가 옵션이 다시 발동했는지.

옅은 상처밖에 나지 않았다.

'시간이 넉넉하게 주어진 상태에서 야수화 스킬을 중복으로 사용하면 충분히 제거할 수 있을 텐데.'

안타깝게도 지금은 시간이 없었다.

또 야수화 스킬을 중복으로 사용하면?

마룡갑 역시 체형에 맞게 변하기에 강현수가 수인족이라는 오해를 받을 확률이 높았다.

'산군 강림 같은 스킬은 극히 드무니까.'

테라 왕국 입장에서는?

용호길드 테러의 배후가 무란 왕국이라고 생각할 것이다.

상황이 그렇게 되면?

'그렇지 않아도 사이가 좋지 않은 테라 왕국과 무란 왕국 사이가 더 벌어질 거야.'

최악의 경우.

전쟁이 발발할 수도 있었다.

0레벨
플레이어

'그런 위험은 피해야지.'

용왕 이지용의 실력을 확인한 이상.

'굳이 용호길드의 본진에서 제거할 필요는 없어.'

사냥을 나오는 틈을 노려 제거하는 게 베스트였다.

-퇴각.

강현수가 명령을 내리자 소환수들이 일제히 사방으로 흩어졌다.

"도망친다!"

"저놈 잡아라!"

용호길드의 길드원들과 테라 왕국의 정규군이 강현수와 소환수들의 뒤를 추격했다.

하지만.

사아아악!

추격자들의 시야에서 벗어나는 순간, 연기처럼 사라지는 소환수들을 잡을 수 있을 리가 없었다.

"어디로 간 거야?"

"분명히 이 골목으로 들어가는 걸 봤는데?"

"넌 저쪽으로 가 봐, 난 이쪽으로 갈 테니까."

"알았어."

용호길드의 길드원들과 테라 왕국의 정규군이 골목을 이 잡듯이 뒤졌지만.

소환 해제된 소환수를 찾아낼 방법은 없었다.

'이제 내 차례인가.'

강현수가 악몽의 던전을 클리어하고 손에 넣은 EX랭크 스킬 달의 그림자를 발동시켰다.

슈욱!

강현수의 몸이 허공에 녹아들듯 사라졌고.

"분명히 이쪽으로 왔는데?"

"막다른 골목이잖아?"

"벽을 넘었을 수도 있어. 올라가 보자."

뒤늦게 도착한 용호길드의 길드원들과 테라 왕국의 정규 군이 애꿎은 벽을 기어 올라갔다.

'대단하네.'

그간 테스트를 위해 달의 그림자를 사용해 보기는 했지만.

실전에 적용한 건 이번이 처음이었다.

그 효과는 정말 놀라웠다.

'전혀 인지하지 못하고 있어.'

그뿐 아니라 용호길드의 길드원 중 하나가 강현수의 몸을 그대로 통과하기까지 했다.

'역시 공간 계열답네.'

강현수는 미소를 지으며 산책하듯 느긋하게 움직여 포위 망을 벗어났다.

'성공했으려나?'

이 정도 시간을 끌어 줬으면 충분히 성공했겠지만.

혹시 모르는 일 아니겠는가?

-성공했나?

강현수가 최근 대대장으로 임명된 도플갱어 1호에게 물었
다.

-예, 성공했습니다, 주군.

-모두 역할을 잘 소화해 낼 수 있겠지?

-물론입니다.

확답을 듣기는 했지만.

'살짝 불안하네.'

강현수는 이번 습격에서 고위 간부들을 노렸다.

그리고 죽은 간부들의 대역으로 도플갱어들을 투입시켰
다.

'도플갱어를 소환수로 만드니까 이게 좋네.'

소환수는 생전의 모습을 회복한다.

대충 보면?

죽은 사람이 부활했다고 믿을 정도였다.

그러나 자세히 살펴보면?

살아 있는 사람 특유의 생기가 없었다.

또 왠지 모르게 인공적인 조각상을 보는 듯한 느낌이 나기
에 현실적으로 대역은 무리였다.

하지만.

'도플갱어는 다르단 말이지.'

태생 자체가 남을 흉내 내기 위해 탄생한 존재이기 때문일까?

도플갱어들은 대대장이든 중대장이든 소대장이든 외형이 살아 있는 사람과 똑같았다.

문제는.

'지능이 떨어진단 말이야.'

그나마 가장 지능이 높은 대대장들조차도.

'시키는 일은 잘하지만 그게 끝이란 말이지.'

자기 의지로 무언가 해야 한다는 생각 자체를 하지 못했고.

즉각적인 임기응변 능력이 떨어졌다.

대대장이 이 정도면 그보다 더 지능이 낮은 중대장이나 소대장 그리고 분대장은 어떻겠는가?

'그나마 다행이라면 도플갱어들에게 기억 흡수라는 스킬이 있다는 점인데.'

기억 흡수는 죽은 상대의 잔존 마력을 받아들이며 생전의 기억 일부를 흡수하는 스킬이었다.

도플갱어들은 기억 흡수 스킬 덕분에 자신이 변한 대상의 생전 모습을 그대로 흉내 낼 수 있었다.

문제는.

'이놈들이 그 기억을 바탕으로 제대로 연기를 해낼 수 있을까 하는 점인데.'

진짜 도플갱어였다면 무리 없이 소화했겠지만.

소환수 도플갱어는 지능이 떨어진다.

'전원 대대장이었으면 그나마 좀 나았을 텐데.'

지능 하나만 보고 전투력이 떨어지는 도플갱어들을 대대장에 임명하기에는.

스텟 손실이 너무 컸다.

'대대장 하나와 중대장 20기를 투입시키기는 했는데, 잘할 수 있으려나?'

가장 중요한 건 유일한 대대장인 도플갱어 1호의 역할이었다.

'소환수들끼리는 유기적인 연대가 가능해.'

강현수는 도플갱어 1호 아래 모든 도플갱어들을 몰아넣어 대대를 만들었다.

투입된 도플갱어 2호부터 21호는 모두 도플갱어 1호의 지시를 받는 중대장들이었다.

그 말은.

'지능이 높은 도플갱어 1호가 도플갱어 2호부터 21호까지 지시를 내릴 수 있다는 말이지.'

막말로 도플갱어 2호부터 21호가 판단력이 필요한 수준 높은 대화를 해야 하는 상황이 오면?

도플갱어 1호가 상황을 전해 듣고 대신 대화를 나눠 줄 수 있었다.

마치 강현수가 검귀를 이용해 지금은 수하가 된 멸마창왕 진구평과 대화를 나누었던 것처럼 말이다.

도플갱어 1호의 지능으로 해결할 수 없는 문제가 발생하면?

'내가 나서야지.'

강현수가 대신 대화를 나누면 그만이다.

'다른 곳은 몰라도 용호길드는 도플갱어를 걸러 내기 위한 테스트를 진행하지 않을 거야.'

테스트가 진행되면?

마력으로 이루어진 소환수들의 정체가 드러난다.

소환수는 피를 흘리지 않으니까.

하지만.

같은 편인 도플갱어가 용호길드에 위장 잠입할 일은 없으니 테스트가 진행될 확률은 제로라고 봐도 무방했다.

'네놈들도 한번 당해 봐라.'

회귀 전.

도플갱어 군단으로 인해 테라 왕국 곳곳에서 큰 혼란이 일어났을 당시.

용호길드는 대외적으로 자신들도 도플갱어들 때문에 큰 피해를 입었다고 주장했다.

그러나.

'새빨간 거짓말이었지.'

용호길드는 아무런 문제도 없었다.

오히려 승승장구했다.

하지만.

'이번에는 반대일 거다.'

다른 길드는 아무 문제도 없겠지만.

용호길드에서만큼은.

'수많은 문제가 생기게 해 주마.'

강현수는 달의 그림자 스킬을 발동시킨 상태로 용호길드의 본거지인 대도시 베슬퍼실을 떠나 발해길드의 본거지인 대도시 베록커토로 향했다.

긃꺼

야밤에 갑작스러운 습격을 받은 용호길드는.

길드 마스터인 용왕 이지용이 부상을 당하고 간부들이 대거 사망하는 큰 피해를 입었다.

용호길드는 테라 왕국의 3대 길드 중 하나였고.

스스로 3대 길드 중에서도 최고라고 자부해 왔다.

한데 고작 야습 하나 제대로 막지 못하고 엄청난 피해를 입은 것이다.

문제는.

"도대체 어디로 사라진 거야!"

범인들이 모두 도주했다는 사실이었다.

"용의자로 의심되는 놈들은 모두 조사했어?"

용왕 이지용이 신경질적인 태도로 조사를 맡은 간부인 심복 박지훈을 닦달했다.

"예."

"결과는?"

"발해길드와 고려길드 모두 병력이 움직인 정황이 없습니다."

용호길드를 습격한 이들은 소수였지만.

전원 네임드 플레이어로 추정되었다.

가장 큰 용의자는 경쟁자라고 할 수 있는 발해길드와 고려길드였지만.

발해길드와 고려길드 소속의 네임드 플레이어들은 일절 움직인 흔적이 없었다.

"대역을 세웠을 수도 있잖아."

"설사 대역을 세웠다고 해도 증거가 없습니다. 그리고 사용하던 주력 스킬이 너무 다릅니다."

심복 박지훈의 말에 용왕 이지용이 얼굴을 찌푸렸다.

자신을 공격했던 자는 최상위 네임드 플레이어가 확실했다.

하지만.

'테라 왕국에는 핏빛 오러를 주력으로 사용하는 네임드 플

레이어가 없어.'

더군다나 그 핏빛 오러는 마력을 흩어 버리는 효과와 상처 치유를 막는 효과도 가지고 있었다.

'그런 스킬을 가진 네임드 플레이어가 있다는 소리는 들어 본 적이 없는데.'

주변 왕국에 그런 플레이어가 있었다면?

설사 네임드 플레이어가 아니라 해도.

진작 소문이 났을 것이다.

'아니, 주변 왕국 수준이 아니라 아틀란티스 전역에 소문 이 쫙 퍼졌겠지.'

하지만 용왕 이지용은 그런 특별한 스킬을 가진 플레이어 대한 소문을 접한 적이 없었다.

'유일한 가능성은.'

자신을 공격한 네임드 플레이어가 정체를 감추기 위해 주 력 스킬을 사용하지 않았을 경우였다.

그러나.

'그건 있을 수 없는 일이야.'

주력 스킬을 사용하지 않은 상태에서 용왕 이지용을 일방 적으로 밀어붙인다?

신급 칭호를 가진 플레이어라 해도 불가능한 일이었다.

거기다.

'그렇게 좋은 스킬을 주력으로 사용하지 않을 리도 없고.

사용하지 않고 네임드 플레이어가 된다는 것 자체가 말이 안 되는 일이지.'

그렇기에 더 아리송했다.

정체불명의 네임드 플레이어는 도대체 왜 용호길드를 습격했으며 왜 자신을 노렸단 말인가?

'설마 우리 정체를 알아차렸나?'

그랬다면 공론화를 시켜야지 왜 기습을 가했을까?

도저히 이해할 수 없는 일투성이였다.

그때.

"저, 이런 일을 벌일 수 있는 용의자가 하나 있기는 합니다."

"뭐? 그게 누구지?"

심복 박지훈의 말에 용왕 이지용이 눈을 번뜩이며 물었다.

"마족입니다."

"뭐?"

용왕 이지용이 반쯤 얼이 빠진 표정으로 되물었다.

"용종 몬스터들은 길드 마스터에게 절대복종합니다."

"그렇기는 하지."

"하지만 이번에는 달랐습니다."

으드득!

용왕 이지용이 어금니를 악물었다.

용종 몬스터를 소환하고.

소환된 용종 몬스터를 조종할 수 있는 능력.

이지용에게 용왕이라는 칭호를 선물해 준 힘은.

마족과 계약한 대가로 받은 것이었다.

지금까지 그 힘이 제대로 발휘되지 못한 건.

'이번이 처음이야.'

그 전에는 단 한 차례도 없었던 일이다.

"습격자가 마족이라면 용종 몬스터들이 길드 마스터의 명령을 제대로 따르지 않았던 이유가 설명됩니다."

마족은 몬스터를 조종할 수 있다.

용종 몬스터도 몬스터이니 충분히 가능한 일이다.

"거기다 플레이어 중에 실력이 알려지지 않은 강자는 존재할 수 없지만, 차원 게이트를 타고 넘어온 마족은 얼마든지 가능합니다."

심복 박지훈의 추측에.

"그게 무슨 말도 안 되는 헛소리야! 우리는 마족과 계약을 맺었어! 같은 편이라고! 그런데 왜 날 습격해!"

"우리가 계약을 맺은 마족과 적대적인 관계에 있는 마족이 있을 수도 있지 않습니까."

"으흠."

심복 박지훈의 말에 용왕 이지용의 머릿속이 복잡해졌다.

부정해 보고 싶었지만.

'틀린 말은 아니야. 마족은 인간보다 상위의 존재. 가지고

있는 지성도 인간 이상이다. 그럼 충분히 세력 다툼이 벌어
질 수 있어.'

하지만 그 가정이 사실이라면?

일이 꼬여 버린다.

용왕 이지용이 마족과 계약을 맺은 건.

아틀란티스 차원의 절대자가 되고 싶어서였지.

마족들 간의 세력 다툼에 희생되고 싶어서가 아니었으니
까.

"내가 그분께 여쭤보겠다."

계약을 맺은 마족과 대화를 나누기 위해서는 산 제물이 필
요하지만.

그 정도는 얼마든지 감내할 수 있었다.

"알겠습니다. 한데 상대에 대한 정보가 너무 없어서 소문
에 밝은 상단과 정보 길드에 의뢰를 하려고 합니다. 꽤 많은
자금이 들 것 같은데, 진행할까요?"

"상단과 정보 길드? 믿을 수 있는 곳이야?"

"아틀란티스 전역에 지점을 두고 있는 골드로드상단과 로
크토 제국과 그 제후국의 정보 조직을 통합한 섀도다크길드
에 의뢰할 생각입니다. 의뢰비는 비싸지만 정보의 정확도는
가장 높습니다."

"그럼 돈이 얼마가 들든 상관없으니 진행해."

용왕 이지용은 이번에 제대로 망신을 당했다.

범인을 잡기 위해서라면.

'돈 따위는 아무리 써도 아깝지 않아.'

"그럼 진행하겠습니다."

"그렇게 하도록."

용왕 이지용의 허락을 받은, 간부 박지훈이 몸을 돌려 길드장 집무실을 빠져나갔다.

-큭큭큭!

길드장 집무실을 빠져나온 간부 박지훈의 머릿속에서 강현수의 웃음소리가 터져 나왔다.

-잘했다. 내가 개입할까 했는데 그럴 필요가 아예 없었어. 훌륭하다.

-칭찬에 감사드립니다, 주군.

이번 사건 조사의 최종 담당자가 된 간부 박지훈.

그는 네임드 플레이어나 랭커 플레이어는 아니었지만.

용호길드의 두뇌라는 별칭으로 불릴 정도의 지략가이자 용왕 이지용의 두터운 신뢰를 받고 있는 심복 중에 심복이었다.

하지만.

진짜 박지훈은 강현수가 용호길드를 습격하던 날 사망했다.

그리고 그 자리를 도플갱어 1호가 대신했다.

-기대 이상이구나.

마족과 계약한 인류의 배신자 용왕 이지용이 같은 편인 마족을 의심하게 만들었다.

어디 그뿐인가?

용호길드의 자금을 아무런 문제없이 황금 군주 사에마알의 골드로드상단과 암왕 세실리아가 만든 정보 조직 새도다크에 흘러가도록 만들었다.

—다음 계획을 진행하도록.

—예, 주군.

강현수가 용호길드를 위해 준비한 선물은 이제 겨우 포장지만 뜯었을 뿐이다.

포장지가 다 벗겨지면?

진짜 선물이 나올 것이다.

'생각보다 훌륭하네.'

강현수가 직접 지시를 내리기는 했지만.

'지능이 떨어져서 좀 못 미더웠는데.'

예상외로 훌륭하게 임무를 수행했다.

'도플갱어를 베이스로 만들어서 그런가?'

다른 소환수들과는 연기의 레벨이 달랐다.

강현수는 용왕 이지용이 어떤 마족과 계약을 맺었는지는

모른다.

도플갱어 1호가 죽은 박지훈의 기억을 흡수하기는 했지만.

박지훈이 계약을 맺은 대상은 작위도 없는 하급 마족.

그 하급 마족이 어떤 마계 귀족을 모시고 있는지에 대한 정보는 박지훈도 알지 못했다.

하지만 확률적으로.

'마룡일 확률이 높겠지.'

마룡이 아니라 다른 마족이라면?

계약자에게 용종 몬스터를 소환하고 다룰 수 있는 능력이 아니라 다른 능력을 줬을 것이다.

'못 하는 건 아니지만.'

상당히 번거로울 테니까.

마계에 존재하는 모든 용종 몬스터는 마룡족의 지배하에 있다.

용종 몬스터에 대한 명령권도 마룡족이 가지고 있다.

즉, 용왕 이지용이 계약한 대상이 마룡이 아니라면?

'용왕 이지용에게 스킬을 주기 위해 마룡에게 부탁해야 하는 입장이 되어 버리지.'

계약자를 위해 그런 귀찮은 일을 벌일 마족은 거의 존재하지 않았다.

'거기다 마룡족은 마족 중에서도 그 직위가 상당히 높아.'

강현수는 마룡 카라스를 소환수로 만든 덕분에 마족에 대한 정보를 상당히 많이 습득할 수 있었다.

특히 마족 중에서도 마룡 카라스가 속해 있는 마룡족에 대한 정보가 가장 많았다.

'마룡족은 성체가 되면 대부분 마계 귀족 작위를 받지.'

태생 자체가 금수저를 물고 태어난 마족이었다.

유일한 단점이 있다면.

'개체 수가 적어.'

일반적인 마족은 그 종에 따라 다르기는 하지만 개체 수 자체가 많으면 수천만, 적어도 수만 정도는 될 정도로 많다.

그러나 마룡족은.

'다 긁어모아 봐야 1백 마리 남짓이지.'

마룡 카라스 같은 존재가 1백 마리나 있다는 건 엄청난 재앙이지만.

'하나의 종으로서는 빈약하기 그지없는 숫자지.'

유전자 풀이 너무 적어 자연 멸종 되지 않는 게 신기한 수준이랄까?

'마족 내부에서도 종족 간의 파벌이 있고 권력투쟁이 발생한다.'

마룡족과 친하게 지내는 마족이 있는 반면.

싫어하는 마족도 있다.

쉽게 말해.

'단순히 용왕 이지용과 마족만 이간질시키는 게 아니라, 마룡족이 다른 마족 파벌을 의심하게 만들 수 있다는 거지.'

마족들 간에 내분이 벌어지면?

강현수로서는 작은 노력으로 최고의 성과를 올리는 셈이 된다.

'마룡족은 적이 많지.'

태생부터 금수저를 물고 태어난 마룡은 대부분 오만하고 독선적이다.

특히 태생이 하위종인 도플갱어 같은 마족들을 버러지 취급하는 경우가 많았다.

'사실 버러지 취급을 한다고 해서 문제가 발생할 일도 없고.'

하지만 이번 도플갱어 군단의 침공은 마왕의 명령하에 진행되는 일이었고.

'도플갱어 군단 자체가 마계 공작 중 한 명의 군세에 속해 있지.'

잘만 이간질하면.

'마계 공작과 마룡족을 정면으로 충돌시킬 수도 있어.'

도플갱어 1호에게 들은 정보와 마룡 카라스에게 들은 정보를 조합하니.

'쓸 만한 계획이 술술 나오네.'

강현수는 회귀 전 평생을 마족과 싸워 왔다.

최종적으로는 마왕과 전투를 치르기도 했다.

하지만.

'마계나 마족에 대한 정보는 거의 얻지 못했어.'

그건 강현수뿐 아니라 다른 플레이어들도 마찬가지였다.

이유는 단 하나.

'마족들에게 금제가 걸려 있었으니까.'

마왕군 입장에서는 아군의 정보를 차단하기 위한 당연한 조치였다.

하지만.

'소환수로 만들면 모든 문제가 말끔하게 해결되지.'

죽었으니 금제가 발동할 일도 없고.

마족 소환수가 내뱉는 정보가 거짓인지 진심인지 의심할 필요도 없다.

'도플갱어 군단의 수장이 마계 귀족이었지.'

그놈을 잡으면.

'더 많은 정보를 얻을 수 있어.'

차원 게이트는 일방통행이고.

당연히 강현수를 비롯한 플레이어들이 차원 게이트를 넘어 마계로 쳐들어가는 건 불가능하다.

하지만.

'정보를 계속 수집하고 아틀란티스 차원에 넘어온 마족과 마왕의 하수인 들을 잘만 이용하면.'

0레벨
플레이어

굳이 마계로 넘어가지 않아도.

'마족들의 내부 분열을 유도할 수 있어.'

계획이 성공해 마계에서 마족 간의 전쟁이 발발하면?

'아군 전력을 소모시키지 않고 마족들의 전력을 약화시킬 수 있어.'

거기다 회귀 전에 인류가 당했던 일을 고스란히 돌려주는 격이 된다.

'성공했으면 좋겠는데.'

씨앗은 뿌렸다.

이제 강현수가 할 일은 그 씨앗이 싹을 틔우고 잘 성장할 수 있게 물을 뿌려 주는 것뿐이었다.

❋

용왕 이지용은 산 제물을 바쳐 자신이 모시는 마계 귀족과 대화를 나눴다.

하지만 이번에 입은 피해에 대한 질책만 잔뜩 들었을 뿐.

'뚜렷한 해답을 듣지는 못했어.'

그저 한번 알아볼 테니 기다리라는 말만 들었을 뿐이다.

용왕 이지용은 괜히 기분이 찝찝해졌다.

'알아보겠다라.'

그 말은 용왕 이지용이 모시는 마계 귀족과 대립하는 존재가 있다는 뜻이었다.

'줄을 잘못 잡은 건 아니겠지?'

용왕 이지용이 모시는 마계 귀족이 권력 다툼에서 패배한다면?

'나도 줄 떨어진 연 신세가 되어 버릴지도 몰라.'

스스로의 생존과 미래를 위해 인류를 배신하고 마왕군과 손을 잡았다.

그럼 당연히.

'그에 합당한 보상을 받아야지.'

도플갱어 군단의 지원으로 첫 보상을 받을 계획이었는데.

시작부터 틀어져 버렸다.

그때.

"제가 기별을 넣겠습니다. 그러니 잠시만."

"비켜!"

밖에서 작은 소란이 일었고.

덜컹!

용왕 이지용의 집무실 문이 거칠게 열렸다.

"도대체 이게 무슨……!"

용왕 이지용이 막 화를 내려 할 때.

"이번에 큰 망신을 당했다고 들었다, 인간. 제법 실력이 있다고 들었는데, 내가 잘못 알고 있었던 모양이군."

노크도 없이 문을 열고 들어온 이가 다짜고짜 용왕 이지용에게 비아냥거렸다.

"탈리만 남작님, 이렇게 갑자기 찾아오시면 어떻게 합니까?"

용왕 이지용이 얼굴을 찌푸리며 말했다.

용호길드는 도플갱어들이 몸을 숨길 장소를 제공해 주고 최대한 바깥출입을 자제해 달라고 요청했다.

한데 또 멋대로 나와 용호길드로 찾아온 것이다.

"인간 주제에 지금 나를 질책하는 것이냐?"

탈리만 남작이라 불린 이가 성난 얼굴로 으르렁거렸다.

"아닙니다. 일반 길드원들에게 들키지는 않았겠지?"

용왕 이지용이 탈리만 남작에게 짧게 대답한 뒤 간부 박지훈에게 물었다.

"예, 이곳에 오기까지 길드장님의 얼굴을 이용했기에 일반 길드원들은 탈리만 남작님이 길드에 들어온 줄도 모를 겁니다."

간부 박지훈의 말에 용왕 이지용은 화가 끓어올랐다.

'그럼 내가 집무실에 있는 줄 알고 있던 이들은 이상하게 생각할 것 아냐.'

마음 같아서는 탈리만 남작에게 강하게 항의하고 싶었지만.

'힘이 없는 게 죄지.'

용왕 이지용은 마계 백작과 계약했다.

하지만 용왕 이지용은 마계 백작의 계약자일 뿐, 마계 백작 본인이 아니었다.

당연히 마계 남작인 탈리만이 무례한 짓을 해도.

질책하거나 항의할 수가 없었다.

그저 감내할 뿐.

"왜 갑자기 찾아오신 겁니까?"

"지시를 내릴 일이 있다."

"예?"

다짜고짜 찾아와 지시를 내린다는 말에 용왕 이지용은 속에서 열불이 터져 나왔다.

'내가 자기 수하도 아닌데 도대체 무슨 지시를 한다는 거야.'

용왕 이지용과 계약한 마계 백작은 도플갱어들의 수장인 탈리만 남작과 협력해 세력을 키우라고 했을 뿐.

'저놈의 지시를 받으라는 말은 들은 적이 없는데.'

용왕 이지용이 생각하기로 자신과 탈리만 남작은 엄연히 동등한 관계였다.

하지만.

첫 만남부터 지금까지 탈리만 남작은 용왕 이지용을 자기 아랫사람 다루듯 행동했다.

거기다 지금처럼 안하무인으로 행동하며 허락도 받지 않고 자신이나 길드원들의 얼굴을 빌린 적이 한두 번이 아니었다.

"다크 나이트가 발해길드와 고려길드라는 곳을 이용해 우리 일족에 대한 비밀을 밝혔다고 들었다."

"예, 저도 들었습니다."

"그놈들을 쓸어버려야겠다."

"예?"

용왕 이지용은 갑작스러운 탈리만 남작의 말에 어안이 벙벙해졌다.

"다크 나이트라는 존재가 카라스 남작을 죽이는 데 결정적인 역할을 했다고 들었다."

"예, 저도 그렇게 들었습니다."

"거기다 이번에는 우리 일을 방해했지."

"그건 그렇지만."

"내 생각에 이번에 너를 습격한 놈 역시 다크 나이트가 확실하다."

"예?"

"정체를 알 수 없는 네임드 플레이어가 등장했다고 하지 않느냐? 아틀란티스 차원을 다 뒤져도 그런 존재는 다크 나이트뿐이다."

탈리만 남작의 말을 듣자 그럴 수도 있다는 생각이 들기는 했다.

하지만.

'아닐 수도 있는 거 아닌가?'

용호길드가 마왕의 하수인이라는 사실을 다크 나이트가 알아차렸다면?

굳이 번거롭게 기습을 가할 필요가 없었다.

그냥 공개적으로 그 사실을 밝히기만 하면?

그게 진짜든 아니든 용호길드는 곤란을 겪을 수밖에 없었다.

"이번 기회에 다크 나이트라는 존재를 제거해야겠다. 겸사겸사 다크 나이트들을 보호하고 있는 발해길드와 고려길드라는 곳을 쓸어버리면 너에게도 좋은 일이지 않느냐?"

"그렇기는 한데, 다크 나이트의 전력은 상당히 뛰어납니다. 거기다 발해길드와 고려길드의 전력도 만만치 않고요. 또 싸움을 걸 명분도 부족합니다."

발해길드와 고려길드?

쓸어버릴 수 있었으면 진작 처리를 했을 것이다.

규모는 용왕 이지용이 이끄는 용호길드가 월등히 더 크지만.

'고레벨 플레이어의 숫자는 그리 큰 차이가 나지 않아.'

랭커 플레이어와 네임드 플레이어의 숫자는?

용호길드, 발해길드, 고려길드 모두 도긴개긴이다.

"그건 걱정하지 마라. 명분은 내가 만들어 주겠다. 또한 이번 전쟁에는 나도 수하들을 이끌고 참전할 생각이다."

탈리만 남작의 말에 용왕 이지용의 머릿속이 복잡해졌다.

'탈리만 남작이 도플갱어라고는 하지만, 전투력만큼은 진짜다.'

마계는 힘의 논리가 지배하는 곳.

남작이라는 작위를 받았다는 말은?

'그에 걸맞은 전투력을 지니고 있다는 뜻이겠지.'

무란 왕국을 침공해 수많은 네임드 플레이어와 랭커 플레이어를 학살한 마룡 카라스.

'그도 남작이었어.'

또한 도플갱어들의 수장인 탈리만도 남작이다.

'즉 저놈이 네임드 플레이어와 랭커 플레이어 수백을 제거할 수 있는 전투력을 가지고 있다는 뜻이지.'

뭐, 그 전투에서 결국 마룡 카라스도 죽기는 했지만.

애초에 발해길드와 고려길드는 네임드 플레이어와 랭커 플레이어 수백 명을 동원할 여력이 없었다.

설사 그런 실현 불가능한 일이 벌어진다고 해도.

'저 건방진 마족 놈이 죽든 말든 내 알 바가 아니지.'

문제는.

"탈리만 남작님은 마기를 제대로 사용하실 수 없는 상황이지 않습니까?"

마족이 가지고 있는 힘을 온전히 발휘하기 위해서는 마기를 사용해야 한다.

그 제약은 보유하고 있는 마기의 양이 많으면 많을수록 커진다.

마계 귀족쯤 되면?

마기를 감춘 상태에선 자신이 가진 전체 힘의 1할도 채 드러내기 힘들었다.

이간계

플레이어는 마력을 사용하고 마족은 마기를 사용한다.

물론 그 근본을 따져 보면 마력이나 마기나 그 성질이 조금 다를 뿐.

사실상 같은 종류의 힘이다.

마계의 대기에는 마력이 넘쳐 나고.

그 마력을 머금은 존재가 바로 몬스터와 마족이다.

단지 한 가지 차이가 있다면.

몬스터는 순수하게 마력 그 자체를 사용하고.

마족의 경우는 신체에 흡수된 마력이 심장을 통과하는 순간, 더 강력한 힘을 발휘하는 마기로 전환될 뿐이다.

또한 마기는 절망, 공포 같은 마이너스한 감정과 산 자의 피와 살을 흡수해 자신의 힘으로 삼는다.

쉽게 말해 범용성이 엄청나게 좋았다.

그러나 마기에도 단점 아닌 단점이 있었는데.

바로 사용하는 마기의 양이 많으면 마기 특유의 파괴적인 기운이 고스란히 겉으로 드러난다는 점이다.

물론 사용하는 마기의 양이 적으면?

마력과 큰 차이가 없어 사실상 구분이 불가능했다.

그렇기에 중하급 마족이 대부분인 도플갱어들은 정체를 감추고 활동하기 용이했다.

하지만.

상급이나 최상급만 되어도 힘의 사용에 제약을 받는다.

당연히 마계 귀족의 경우 그 제약이 월등히 크다.

특히 백작 이상의 고위 마족은.

'가만히 있는 것만으로 마기가 뿜어져 나와 정체를 감추는 게 아예 불가능하다고 들었는데.'

마계 귀족 중 최하위 서열인 탈리만 남작의 경우는 다행스럽게도 정체를 감추고 힘을 사용할 수 있다.

문제는 그렇게 사용할 수 있는 힘이 본래 가진 힘의 1할에 불과하다는 점이었다.

'그 정도로는 그리 큰 도움이 되지는 않을 것 같은데.'

그렇다고 마기를 사용하면?

'정체가 드러나지.'

그건 용호길드가 마왕의 하수인이라고 동네방네 소문내고 다니는 꼴이나 마찬가지였다.

그냥 미친 짓인 것이다.

'물론 마기를 드러내지 않는 선에서 힘을 보태 줘도 큰 도움이 되기는 하겠지만.'

그 정도 도움으로 다크 나이트, 발해길드, 고려길드를 상대하기는 힘들어 보였다.

"너는 내가 무슨 종족인지 잊었느냐?"

"도플갱어 아닙니까?"

"그래, 우리 도플갱어 일족은 다른 자들의 모습을 흉내 내는 것이 특기다. 겉모습뿐 아니라 풍기는 기운까지 말이다. 다른 마계 귀족이었다면 본래 가진 마기의 1할만 사용해도 마기가 겉으로 드러나겠지만, 난 다르다. 최대 5할까지 사용해도 정체를 감출 수 있지."

"아!"

용왕 이지용의 표정이 밝아졌다.

5할.

고작 절반이다.

일반적으로는 그리 큰 도움이 되지 않는다.

하지만.

'무려 마계 귀족이 가진 힘의 절반이야.'

그 정도만 동원해도 네임드 플레이어나 랭커 플레이어 수

십은 가볍게 썰어 버릴 수 있었다.

"충분히 승산이 있습니다. 아니, 무조건 이길 수 있습니다."

용왕 이지용이 승리를 확신했다.

"그럼 전쟁을 준비해라. 내가 너의 수하로 위장해 참가해 주마. 그리고 명분 역시 내가 알아서 만들어 주겠다."

"명분은 어떤 식으로?"

"발해길드와 고려길드 소속 플레이어로 위장한 도플갱어들을 동원해 용호길드 소속 플레이어들을 죽이겠다. 그 정도 손해는 충분히 감당할 수 있겠지?"

고작해야 중하위 레벨의 플레이어 몇 명이 죽는 것뿐이다.

"예, 물론입니다, 탈리만 남작님. 그 정도는 손해라고 할 수도 없죠."

방금 전까지 속으로 탈리만 남작을 욕했던 용왕 이지용이 순식간에 태도를 180도 바꿨다.

마음속에 피어났던 의심도 사라졌다.

'그래, 마족이 우리를 용호길드를 공격할 리가 없다. 다크 나이트의 짓이었던 게 확실해.'

"그럼 난 이만 가 보마."

"살펴 가십시오."

용왕 이지용이 고개를 꺅듯이 숙이고 탈리만 남작을 배웅했다.

그리고 곧바로 용호길드의 간부들을 소집했다.

※

'일이 꼬였네.'

도플갱어 1호를 통해 도플갱어의 수장 탈리만 남작과 용호길드의 길드 마스터 용왕 이지용의 대화를 고스란히 전해 들은 강현수가 얼굴을 찌푸렸다.

'하지만 틈은 있어.'

탈리만 남작의 힘이 필요한 용왕 이지용이 마지막에 꼬리를 내리기는 했지만.

'분명 처음에는 서로가 서로를 탐탁지 않아 했어.'

탈리만 남작에게 있어 마족과 계약한 인간은.

'마족의 노예에 불과한 존재지.'

그런 비천한 존재가 마계 귀족인 자신과 맞먹으려 하니 기분이 상할 수밖에 없다.

반대로 용왕 이지용은 탈리만 남작이 마계 귀족이기는 하지만.

'자기 상급자라고 생각하지 않지.'

오히려 대등한 존재로 생각하는 듯했다.

'뭐, 그럴 수도 있지.'

용왕 이지용은 아틀란티스 차원에서는 왕이 부럽지 않은

권력을 누리고 있는 권력자이고.

고위 마계 귀족과 계약을 맺은 것으로 추정되는 상황.

'그럼 탈리만 남작이나 자신이나 결국 고위 귀족의 명령을 따라야 하는 하급자일 뿐이라고 생각할 확률이 높아.'

탈리만 남작은 용왕 이지용을 노예 취급하고.

용왕 이지용은 탈리만 남작을 자신과 동급으로 생각한다.

'이건 충분히 이용할 수 있어.'

서로가 서로를 필요로 하기에 애써 봉합되기는 했지만.

'신뢰할 수 없는 아군은 적보다 더 위험하다는 사실을 알게 해 줘야지.'

강현수가 다시금 용호길드가 자리 잡은 대도시 베슬퍼실로 향했다.

⁂

공간 이동 게이트를 통해 대도시 베슬퍼실에 도착한 강현수가 근처에 위치한 고레벨 사냥터로 향했다.

'여기 있다고 했는데.'

간부 박지훈으로 위장한 도플갱어 1호가 보고한 내용이니 확실했다.

강현수가 열심히 용호길드 소속 고레벨 플레이어들을 찾아다녔다.

잠시 후.

'찾았다.'

얼마 가지 않아 용호길드 소속 고레벨 플레이어 파티 하나를 찾아낼 수 있었다.

'확실하네.'

도플갱어 1호의 보고대로 용호길드 소속 고레벨 플레이어 파티는 전원 간부들로 이루어져 있었다.

용호길드의 간부라는 건?

마족과 계약을 맺은 마왕의 하수인이라는 뜻이다.

'전쟁 명분을 쌓기 위해 희생양을 만들고 싶다 이거지? 내가 대신 만들어 주마.'

그러나 희생되는 이들은 힘없고 아무것도 모르는 용호길드의 중하위 레벨 플레이어들이 아니라.

'인류를 배신한 네놈들이 될 거다.'

강현수가 소환수들을 소환했다.

소환수들은 전원 발해길드와 고려길드의 마크를 달고 있었다.

-죽여라.

강현수가 소환수들에게 명령을 내림과 동시에 검을 뽑아들고 용호길드 소속 고레벨 플레이어들에게 달려들었다.

그런 강현수의 뒤를 따라.

콰콰콰콰콰!

소환수들이 폭발적인 오러를 뿜어내며 용호길드 소속 고레벨 플레이어들을 공격했다.

"습격이다!"

"막아!"

"발해길드와 고려길드 놈들의 습격이다!"

용호길드 소속 고레벨 플레이어들은 재빨리 반응했다.

그리고 기습을 받았음에도 전혀 긴장하지 않고 여유롭게 전투준비를 했다.

왜냐하면.

이 습격이 실제 상황이 아니라 주변에 보여 주기 위한 쇼라고 생각했기 때문이다.

그 이유는 간부 박지훈으로 위장한 도플갱어 1호가 적당히 떡밥을 뿌려 놨기 때문이다.

-발해길드와 고려길드 소속 플레이어로 위장한 도플갱어들이 중하위 레벨 플레이어들을 공격해 죽임으로써 명분 쌓기에 들어갈 것이다.

-그러나 다른 이들의 의심을 피하기 위해 고레벨 플레이어들도 함께 공격할 수도 있다.

-그저 명분을 쌓기 위해 벌이는 일이니 아마 적당히 싸우는 척만 하면 끝날 거다.

-공격력은 약하지만 최대한 화려한 스킬들을 사용해 전

투를 치르는 시늉만 해라.

　간부 박지훈으로 위장한 도플갱어 1호가 날린 떡밥에 용왕 이지용도 동의를 했고.

　같은 비밀을 공유하고 있는 간부들에게 그 사실을 전파했다.

　'그러니 긴장 따위를 할 리가 없지.'

　미리 습격당할 거라는 사실도 예측하고 있었고.

　그저 주변에 보여 주기 위한 쇼라고 생각하고 있는 상황.

　용호길드 소속 고레벨 플레이어들이 겉보기에만 화려하고 실속은 하나도 없는 스킬들을 사용하며 치열한 전투를 하는 시늉을 하려고 했다.

　하지만.

　꽈아아앙!

　이건 보여 주기 위한 쇼가 아니라 실제 상황이었다.

　"커억!"

　"뭐야?"

　"진수가 죽었어!"

　강현수가 휘두른 검에 두 명의 고레벨 플레이어가 목숨을 잃었다.

　강현수의 뒤를 이어 소환수들 역시 전력을 다해 맹공을 퍼부었다.

"막아!"

"죽여!"

뒤늦게 쇼가 아니라는 사실을 알아차린 용호길드 소속 고 레벨 플레이어들이 반격에 나섰지만.

"커어억!"

"아아악!"

강현수와 소환수들의 합공을 막아 낼 수는 없었다.

순식간에 용호길드 소속 고레벨 플레이어 파티가 전멸했 다.

"뭐야? 저거 발해길드랑 고려길드 마크잖아?"

"지금 발해길드원과 고려길드원이 힘을 합쳐서 용호길드 원을 죽였어."

충돌 소리를 듣고 몰려온 중소 길드 소속 고레벨 플레이 어들이 두려움 가득한 눈으로 강현수의 소환수들을 바라 봤다.

그리고 그중에는.

용호길드 소속 고레벨 플레이어들도 포함되어 있었다.

'찾아갈 생각이었는데 알아서 찾아와 줬네.'

강현수가 미소를 지으며 용호길드 소속 고레벨 플레이어 들에게 달려들어 검을 휘둘렀고.

그 뒤를 따라 발해길드와 고려길드로 위장한 소환수들이 고레벨 플레이어들에게 공격을 시작했다.

"이런 미친!"

"도대체 뭐가 어떻게 된 거야!"

용호길드 소속 고레벨 플레이어들은 적잖이 당황했다.

하지만 살기 위해서는 싸우는 수밖에 없었다.

그러나.

꽈앙! 꽈앙! 꽈앙!

핏빛 오러에 휩싸인 강현수의 검이 휘둘러질 때마다 오러가 흩어지고 방어 스킬이 분쇄되었다.

결국 두 번째로 등장한 용호길드의 고레벨 플레이어들도 순식간에 전멸했다.

"너희들도 용호길드 편을 들 생각인가?"

강현수의 물음에.

"아, 아닙니다."

"저희는 이만 가 보겠습니다."

주변에 몰려 있던 중소 길드 소속 고레벨 플레이어들이 순식간에 모습을 감췄다.

'제법 쓸 만한 놈들이 있네. 여단 구성.'

강현수는 죽은 용호길드의 고레벨 플레이어들을 소환수로 만든 후.

─가자.

다음 목적지로 향했다.

탈리만 남작 휘하에 있는 도플갱어들은 발해길드와 고려길드 소속 플레이어로 위장하고 대도시 베슬퍼실 근처에 있는 중저 레벨 플레이어들의 사냥터로 향했다.

　그들의 목적은 용호길드 소속 중저 레벨 플레이어 파티 하나를 전멸시키는 것이었다.

　'여기 있었구나.'

　발해길드와 고려길드 소속 플레이어로 위장한 도플갱어들이 용호길드 소속 중저 레벨 플레이어 파티를 발견했다.

　"저놈들 뭐야?"

　"발해길드랑 고려길드 놈들이잖아?"

　용호길드 소속 중저 레벨 플레이어 파티가 당황한 표정으로 발해길드와 고려길드 소속 플레이어로 위장한 도플갱어들을 바라보았다.

　'아쉽게도 관객이 없군.'

　관객이 있었다면?

　바로 죽이면 그만이다.

　하지만 관객이 없으면?

　'적당히 시간을 끌면서 소란을 일으켜야겠군.'

　관객을 끌어모아야 했다.

　"죽여!"

0레벨
플레이어

−소란을 일으키며 적당히 시간을 끌어라.

우두머리 도플갱어가 휘하 도플갱어들에게 가짜 명령과 진짜 명령을 동시에 내렸고.

발해길드와 고려길드 소속 플레이어로 위장한 도플갱어들이 용호길드 소속 중저 레벨 플레이어 파티에게 공격을 가했다.

"막아!"

"지원 요청해!"

피우우웅!

용호길드 소속 중저 레벨 플레이어 파티가 신호탄을 터트리고 최대한 버티기에 들어갔다.

발해길드와 고려길드 소속 플레이어로 위장한 도플갱어들은 느긋하게 용호길드 소속 중저 레벨 플레이어 파티를 압박하며 시간을 끌었다.

"뭐야? 싸움?"

"저건 발해길드랑 고려길드 마크잖아."

"발해길드와 고려길드 소속 플레이어들이 용호길드 소속 플레이어들을 공격하고 있어."

소란이 일어나자 중소 길드 소속 플레이어 파티들이 몰려들었다.

'관객들이 모였구나.'

우두머리 도플갱어가 미소를 지었다.

이제 더 이상 시간을 끌 필요가 없었다.

-이제 죽여라.

우두머리 도플갱어의 명령이 떨어지자.

콰콰콰콰!

발해길드와 고려길드 소속 플레이어로 위장한 도플갱어들이 전심전력을 다해 맹공을 퍼부었다.

꽈아앙! 꽈아앙!

강력한 폭음이 연달아 터져 나오며 용호길드 소속 중저 레벨 플레이어 파티의 방어진이 순식간에 무너졌다.

'이제 끝장이다.'

우두머리 도플갱어가 검을 휘둘러 용호길드 소속 중저 레벨 플레이어의 숨통을 끊으려는 순간.

서걱!

좌측에서 날아온 한 줄기의 핏빛 오러가 우두머리 도플갱어의 팔을 잘라 냈다.

"크윽!"

당황한 우두머리 도플갱어가 고개를 돌렸다.

그런 우두머리 도플갱어의 눈에 들어온 것은.

전신을 칠흑빛 갑주로 감싼 강현수와 소환수들이었다.

'아슬아슬했네.'

조금만 늦었으면?

일을 그르칠 뻔했다.

강현수는 마룡갑을 입고 있었고.

소환수들은 완전무장을 한 상태로 발해길드와 고려길드의 마크를 달고 있었다.

"생포를 최우선으로 한다. 하지만 불가피한 상황에서는 죽여도 상관없다!"

강현수가 겉으로 보여 주기 위한 명령을 내린 후.

꽈앙! 꽈앙!

도플갱어들을 공격했다.

갑작스러운 상황 변화에 용호길드 소속 중저 레벨 플레이어들을 포함해 주변에서 구경을 하고 있던 중소 길드 소속 플레이어들은 어안이 벙벙해졌다.

"뭐야? 이놈들 왜 자기들끼리 싸워?"

"그러게?"

그들이 보기에 강현수와 소환수들은 발해길드와 고려길드 소속이었다.

또 도플갱어들도 발해길드와 고려길드 소속이었다.

그러니 당연히 그들의 눈에는 새롭게 등장한 발해길드와 고려길드 소속 플레이어들이 기존에 전투를 치르던 아군을 공격하는 것처럼 보였다.

하지만.

'뭐가 어떻게 된 거야?'

진실을 알고 있는 우두머리 도플갱어로서는 이게 어떻게 된 일인지 쉽게 감이 잡히지 않았다.

그때.

팅! 팅!

강현수와 소환수들이 부상을 당한 도플갱어들이 흘린 피 위로 은화를 떨어트렸다.

치이이익!

순식간에 은화가 녹아내렸고.

"도플갱어다!"

"진짜 있었어!"

그제야 용호길드 소속 중저 레벨 플레이어들과 중소 길드 소속 플레이어들은 진실을 알아차렸다.

"도플갱어가 진짜 있었다니!"

"도플갱어들이 발해길드와 고려길드 소속 플레이어로 위장해 용호길드 소속 플레이어를 공격한 거였어!"

"억지로 분쟁을 만들어 전쟁을 일으킬 속셈이었구나!"

"진짜 발해길드와 고려길드 소속 플레이어들이 그걸 알고 미리 막으러 온 거야!"

상황이 급변했다.

'이런 망할.'

얼굴을 찌푸린 우두머리 도플갱어가 상급자에게 지원을 요청하려 했다.

이 자리에 있는 자들을 모두 전멸시켜서라도 비밀을 지켜야 했기 때문이다.

그 순간.

서걱!

강현수가 휘두른 핏빛 오러를 머금은 검이 우두머리 도플갱어의 목을 날려 버렸다.

'어서 전쟁이 벌어졌으면 좋겠군.'

탈리만 남작이 앞으로 있을 만찬을 떠올리며 군침을 삼켰다.

지금은 비록 남작이지만.

아틀란티스 차원에서 대규모 살육전이 벌어지면?

'승급을 할 수 있다.'

잘만 하면.

'고위 귀족이 되는 것도 얼마든지 가능해.'

승급에 대한 욕망.

탈리만 남작은 그 욕망을 이루기 위해 위험을 감수하고 직접 아틀란티스 차원으로 넘어왔다.

'일이 조금 꼬이기는 했지만 큰 문제는 없다.'

다크 나이트라는 놈들이 도플갱어들의 정체를 밝히는 바

람에 조금 곤란해졌지만.

'수습하면 그만이다.'

다크 나이트라는 놈들을 제거하고 발해길드와 고려길드를 쓸어버린 후.

더 큰 전쟁을 일으키면?

충분히 승급이 가능했다.

물론 마음에 안 드는 점이 없는 건 아니었다.

'내가 하찮은 인간 따위를 돕기 위해 직접 움직여야 하다니.'

그것도 인간의 수하 신분을 연기하는 수고까지 해 가면서 말이다.

도플갱어들의 정체를 밝히는 방법이 등장하지 않았다면?

굳이 그런 수고를 해야 할 필요가 없었다.

왜?

굳이 용호길드의 도움을 받지 않아도 얼마든지 대규모 전쟁을 일으키고 피와 살육을 즐길 수 있었으니까.

'그 건방진 놈을 도와줘야 하다니.'

탈리만 남작은 용왕 이지용을 좋아하지 않았다.

'주제 파악도 하지 못하는 버러지 놈.'

탈리만 남작은 바보가 아니었다.

그렇기에 용왕 이지용이 자신을 어떻게 생각하고 있는지 알고 있었다.

'비천한 노예 주제에.'

마음 같아서는 단숨에 숨통을 끊어 버리고 싶었다.

하지만 안타깝게도 그럴 수가 없었다.

정체를 밝히는 방법이 등장한 탓에 용호길드라는 방패의 도움이 필요했고.

용왕 이지용이 계약한 마계 백작의 눈치도 살펴야 했기 때문이다.

'나중에 갈가리 찢어 죽여 주마.'

지금 당장은 마족과 계약을 맺은 인간들의 역할이 상당히 중요하다.

하지만 제약이 풀리고 대대적인 아틀란티스 차원 침공이 가능해지면?

'노예들의 도움 따위는 있어도 그만 없어도 그만이지.'

그때가 되면?

용왕 이지용과 계약한 마계 백작도 그를 보호해 주지 않으리라.

'그런데 이놈들은 도대체 언제 일을 벌이는 거야?'

휘하 도플갱어들에게 분쟁을 일으키라는 지시를 보냈다.

지금쯤이면 연락이 와야 하는데.

아직 감감무소식이었다.

"탈리만 남작님!"

그때 도플갱어 하나가 헐레벌떡 뛰어들어 왔다.

"무슨 일이냐?"

"작전이 실패했다고 합니다."

"뭐?"

탈리만 남작은 어이가 없었다.

고작 중저 레벨 플레이어 파티 하나 전멸시키는 간단한 일이다.

그런데 실패하다니?

"발해길드와 고려길드가 어떻게 알았는지 선수를 쳤습니다. 그래서 작전에 동원된 녀석들의 정체가 드러났습니다."

"끄응."

탈리만 남작의 얼굴이 처참하게 일그러졌다.

이러면 일이 꼬인다.

다시 작전을 실행하려고 해도.

'인간들이 믿지 않겠지.'

오히려 도플갱어의 수작이라고 생각할 것이다.

'방법을 바꿔야겠군.'

차라리 발해길드와 고려길드를 공격해 도발하는 게 더 나을 것 같았다.

'그놈들이 당하고만 있어도 좋고 반격으로 용호길드에 싸움을 걸어도 나쁠 건 없으니.'

하지만 그건 어디까지나 어쩔 수 없이 실행하는 차선책에 불과했다.

'전쟁이 일어나지 않을 수도 있겠어.'

그럼 승급이 불가능했다.

문제는 또 있었다.

'우리의 존재가 너무 크게 알려졌다.'

이러면 도플갱어들의 활동 반경은 더 줄어들게 되고.

설사 정체를 감추고 분쟁을 일으키더라도.

'그게 전쟁까지 이어질 확률은 크게 줄어들겠지.'

탈리만 남작의 입장에서는 아쉬울 수밖에 없었다.

그때.

"탈리만 남작님, 용왕 이지용이 찾아왔습니다."

"그놈이 직접?"

탈리만 남작이 얼굴을 찌푸렸다.

'알 만하군.'

분명히 이번 작전 실패에 대한 질책을 하러 찾아온 것이리라.

'건방진 놈.'

탈리만 남작이 어금니를 악물었다.

'헛소리를 하면 버릇을 고쳐 주마.'

죽이지는 못하지만.

회복이 가능한 팔다리 한두 개 정도는 얼마든지 잘라 버릴 수 있었다.

덜컹!

"탈리만 남작님!"

문이 거칠게 열리며 용왕 이지용이 모습을 드러냈다.

"이게 도대체 어떻게 된 겁니까?"

"작전이 실패한 것 말이냐? 그건 네놈들의 잘못이 크다. 도대체 뭘 어떻게 했기에 발해길드와 고려길드 놈들이 네놈들 영역에서 설치고 다닌단 말이냐?"

"그걸 말하고자 하는 게 아닙니다!"

"그럼?"

"중저 레벨 길드원들만 습격한 게 맞으시겠죠?"

"그렇다."

"한데 왜 간부인 고레벨 플레이어들의 파티가 습격을 받았습니까?"

"그게 무슨 소리지?"

"오늘 고레벨 플레이어 파티 다섯 개가 전멸했습니다! 우리 용호길드가 보유하고 있는 고레벨 플레이어 전력의 2/3가 날아갔다는 말입니다!"

"그걸 왜 나한테 따지느냐? 설마 내가 그랬다고 생각하느냐?"

"그건 아닙니다만."

사실 그럴 수도 있다고 의심하고 있었다.

탈리만 남작만 용왕 이지용이 자신을 어떻게 생각하고 있는지 알고 있는 게 아니다.

0레벨
플레이어

용왕 이지용 역시 탈리만 남작이 자신을 포함한 인간들을 어떻게 생각하고 있는지 잘 알고 있었다.

용왕 이지용은 사건이 터진 뒤 간부들을 소집해 회의를 했다.

간부들의 의견은 탈리만 남작의 짓이라는 의견과 다크 나이트의 짓이라는 의견으로 갈렸다.

하지만 간부들의 의견이 하나로 일치된 게 하나 있었다.

그건 바로.

'탈리만 남작이 우리 인간을 하찮은 벌레처럼 생각하고 있다는 거지.'

탈리만 남작은 확실한 계획 성공을 위해 용호길드의 고레벨 플레이어들 역시 얼마든지 희생시킬 수 있는 인물이었다.

또 용호길드의 힘이 약해지면?

용왕 이지용과 용호길드는 더더욱 탈리만 남작과 도플갱어들에게 의존할 수밖에 없었다.

"어리석은 놈. 다크 나이트들에게 대놓고 망신을 당한 지 얼마나 되었다고 또 당했느냐."

탈리만 남작은 이번 일을 다크 나이트의 소행이라고 생각했다.

"죄송합니다."

용왕 이지용이 이를 악물며 사과를 했다.

"그런데 다크 나이트에게 당한 건 탈리만 남작님도 마찬가지 아닙니까?"

계획 실패.

도플갱어들의 정체 발각.

이건 전적으로 탈리만 남작의 실책이었다.

탈리만 남작의 수하인 도플갱어들이 정체를 드러내지만 않았다면?

용호길드는 희생당한 길드원들의 복수를 한다는 명분으로 발해길드와 고려길드를 공격할 수 있었다.

"오히려 탈리만 남작님 때문에 우리 용호길드가 큰 피해를 보고도 다크 나이트를 적대하거나 발해 길드와 고려 길드를 공격할 수 없게 되었습니다."

왜?

다크 나이트의 공격이 도플갱어들의 소행으로 둔갑해 버렸으니까.

"지금 네놈 따위가 나를 질책하는 것이냐?"

탈리만 남작의 몸에서 농도 짙은 살기가 뿜어져 나왔다.

그와 동시에 탈리만 남작의 전신에서 마력으로 위장한 마기가 넘실거렸다.

"질책하는 게 아니라, 용호길드의 입장을 설명한 것뿐입니다."

용왕 이지용이 주먹을 꽉 움켜쥐며 억지로 화를 눌러 담았다.

마음 같아서는 탈리만 남작의 실책을 강하게 질타하고 싶었다.

하지만 그럴 수가 없었다.

'힘이 없는 게 죄지.'

그러나 이번 일을 그냥 넘어갈 생각은 없었다.

'그분께 모두 고할 것이다.'

용왕 이지용의 계약자인 마계 백작에게 탈리만 남작의 실책을 알리면?

마계 백작이 자신을 대신해 합당한 처벌을 내려 주리라.

용왕 이지용은 마음속으로 칼을 갈며 훗날을 기약했다.

그러나 마음속으로 칼을 가는 건 용왕 이지용만이 아니었다.

'건방진 놈.'

탈리만 남작은 마족의 노예인 인간 주제에 자신에게 꼬박꼬박 대드는 용왕 이지용이 마음에 들지 않았다.

'애초에 자기들이 약해서 생긴 일이거늘.'

용호길드의 플레이어들이 다크 나이트들을 무난히 제압했다면?

아무런 문제가 없었을 것이다.

오히려 다크 나이트를 죽이거나 생포해 습격 사실을 사방에 알렸다면?

다크 나이트가 가지고 있는 대외적인 이미지가 큰 타격을 입었으리라.

탈리만 남작과 용왕 이지용은 서로가 마음에 들지 않았다.

그러나 지금 당장은 서로 힘을 합쳐야 했다.

"내가 직접 나서 발해길드와 고려길드를 치겠다."

탈리만 남작의 말에 용왕 이지용의 눈이 번뜩였다.

"직접 말씀이십니까?"

"그래, 대신 네놈 수하의 모습을 빌려야겠다."

"무슨 생각인지 알겠습니다. 얼마든지 빌려드리죠."

용왕 이지용의 얼굴에 진한 미소가 피어올랐다.

'난 손해 볼 게 없어.'

발해길드와 고려길드의 세력이 약해지면?

용왕 이지용만 이득을 본다.

당연히 발해길드와 고려길드가 항의를 하겠지만.

'그럼 도플갱어의 수작이라고 주장하면 그만이야.'

거짓말도 아니고 진실이니 조사를 한다고 해도 상관없었다.

문제가 하나 있다면.

'로크토 제국에서 도플갱어 토벌대를 만들어 테라 왕국으로 보냈다고 들었는데.'

탈리만 남작이 그들과 마주치면?

적잖이 곤란한 상황에 처할 것이다.

탈리만 남작이 당할 거라는 생각은 하지 않았다.

하지만 로크토 제국의 토벌대와 충돌하는 것 자체가 손해였다.

왜냐하면 1차 토벌대를 쓰러트려 봤자.

'더 강력한 2차 토벌대가 투입될 테니까.'

사실 지금 상황에서 가장 좋은 해결책은?

'토벌대에게 적당한 규모의 희생양을 던져 주고 당분간 은신처에 틀어박혀 있는 거지.'

그렇게 시간이 흘러 각국의 정부와 플레이어들이 모든 도플갱어가 토벌되었다고 착각하면?

다시 비밀리에 활동을 재개하면 그만이다.

그게 용호길드 간부 회의의 결론이었다.

하지만.

'굳이 토벌대가 온다는 사실을 밝힐 필요는 없지.'

또 용호길드 간부 회의에서 나온 해결책을 탈리만 남작에게 알려 줄 필요도 없었다.

좋은 뜻으로 이야기해 줘 봐야.

'쥐새끼처럼 숨어 있으라는 거냐며 난리 칠 게 뻔하니까.'

결국 자신의 말을 듣기야 하겠지만.

'자존심이 잔뜩 상해 이런 상황을 만든 잘못을 나에게 뒤집어씌우겠지.'

오히려 이번에 된통 당하는 게 낫다.

그래야 좀 고분고분해질 테니까 말이다.

또 건방진 탈리만 남작에게 '빅엿'을 먹이고 싶은 마음이 있기도 했고 말이다.

❈

용왕 이지용이 용호길드의 길드 하우스로 복귀했다.

"역시 네 예상대로였다."

용왕 이지용이 심복인 간부 박지훈에게 말했다.

"그럼 해결책을 알려 주지는 않으셨겠군요?"

간부 박지훈이 용왕 이지용에게 물었다.

"당연하지. 내가 왜 싫은 소리를 들어가면서까지 그놈을 돕는단 말이냐?"

"잘하셨습니다. 이번 기회에 탈리만 남작의 그 건방진 콧대를 꺾어 놔야 합니다."

"그래야지. 차라리 탈리만 남작이 발해길드나 고려길드와 공멸해 버렸으면 좋겠구나."

"그렇게 할 수 있도록 해 볼까요? 토벌대에게 탈리만 남작의 위치를 지속적으로 알린다면 가능할 것도 같은데."

"됐다. 명색이 마계 귀족이다. 그 정도 전력에 당할 놈이 아니야. 그리고 괜히 우리가 뒤에서 수작을 부린 게 알려지면 큰일이다."

"알겠습니다."

"그냥 가만히 두고 봐. 탈리만 남작이 깨지든 발해길드와 고려길드가 깨지든 우리는 손해 볼 게 없으니까."

"네."

간부 박지훈이 공손히 대답하며 물러났다.

─머리가 없지는 않네.

간부 박지훈의 머릿속에 아쉽다는 듯한 강현수의 음성이 들려왔다.

─조금 더 설득해 볼까요?

간부 박지훈의 모습으로 위장한 도플갱어 1호가 강현수에게 물었다.

─아니, 괜히 더 해 봐야 역효과야. 지금까지는 무난하게 내 생각대로 움직였지만, 이 이상은 무리다.

너무 탈리만 남작에게 적대적인 모습만 보이면?

오히려 용왕 이지용이 용호길드 간부로 위장하고 있는 도플갱어 소환수들을 수상하게 생각할 수도 있었다.

─용왕 이지용은 약삭빠른 놈이야. 아무리 설득해도 넘어가지 않을 거다.

탈리만 남작에게 정보를 숨긴 건?

그냥 몰랐다고 하면 그만이다.

더 좋은 해결책을 말하지 않은 건?

그런 생각을 못 했다고 하면 그만이다.

하지만 마족인 탈리만 남작의 정보를 적이라고 할 수 있는 토벌대에 넘기는 건?

빼도 박도 못하는 역적질이었다.

용왕 이지용이 그런 위험한 선택을 할 리가 없다.

그러니까.

-네가 대신 해 줘야겠다.

-알겠습니다, 주군.

강현수의 명령을 받은 도플갱어 1호가.

하급 간부들에게 용왕 이지용의 명령이라며 탈리만 남작의 위치를 지속적으로 토벌대에 알릴 것을 지시했다.

'제법 빠르네.'

로크토 제국의 도플갱어 토벌대가 테라 왕국이 도착했다.

'확실히 회귀 전과는 달라.'

회귀 전 로크토 제국은 도플갱어 군단의 침공에 제대로 대응하지 못했다.

도플갱어라는 마족의 존재 자체를 뒤늦게 파악한 탓도 있었지만.

'로크토 제국이 테라 왕국의 내전을 의도적으로 방치한 탓이 크지.'

도플갱어의 개입 여부를 몰랐더라도 어쨌든 제후국에 극심한 내전이 발생한 상황이다.

당연히 말리는 게 정상이다.

한데 로크토 제국은 그러지 않았다.

오히려 은근히 내전을 부추기는 제스처를 취했다.

'아마 외교를 담당하는 사공작 오르페우스의 입김이 강하게 들어갔겠지.'

사공작 오르페우스는 마왕의 하수인.

그의 입장에서는, 테라 왕국의 내전이 길게 이어지는 편이 좋았다.

왜?

그게 마왕군에 이득이 되니까.

'로크토 제국의 황제 로디우스 1세도 회귀 전에는 제후국들의 힘을 줄이는 계획에 동의했지.'

하나 이제는 상황이 달라졌다.

강현수는 로디우스 1세와의 첫 만남 이후 소환수 한 기를 로크토 제국의 수도에 배치해 놓았다.

그리고 그 소환수를 통해 로디우스 1세와 비밀리에 접촉해 정보를 교환했다.

'그간 미래에 대한 정보를 몇 가지 던져 줬지.'

그 정보 중에는 로크토 제국에게 이득이 되는 것도 있었고 손해가 되는 것도 있었으며 아무 상관이 없는 정보도 있었다.

중요한 건.

'내가 준 정보가 지금까지 한 번도 틀린 적이 없다는 거

지.'

그렇기에 로크토 제국의 황제 로디우스 1세는 강현수가 주는 정보를 신뢰할 수밖에 없었다.

이번에 준 정보는 간단했다.

―도플갱어 군단의 침공으로 테라 왕국이 멸망한다.
―사공작 오르페수스가 제후국의 힘을 줄여야 한다는 논리를 펴며 토벌대 파견을 반대할 것이다.

'제후국이 멸망하면 로크토 제국으로서도 큰 손해야.'

그렇기에 최대한 빨리 토벌대를 투입시켜야 했다.

그런 상황에서.

강현수의 예언처럼 사공작 오르페수스가 이참에 제후국의 힘을 줄이는 게 좋다며 토벌대 투입을 반대했다.

'하지만 그게 악수였지.'

이번 일로 인해 로디우스 1세는 사공작 오르페수스가 마왕의 하수인이라는 확신을 가졌다.

그 결과.

'회귀 전과 다르게 토벌대가 투입되었지.'

그것도 모자라 로디우스 1세는 사공작 오르페수스가 쥐고 있던 외교권을 빼앗아 황제파 귀족에게 넘겨 버렸다.

이 일로 황제파 귀족과 오공작파 귀족의 대립이 더 극심해졌다.

'황제가 오공작의 밥그릇 중 하나를 빼앗아 버렸으니 당연한 일이지.'

자칫 잘못하면 내전이 벌어질 수도 있는 큰 사건이었다.

하지만.

'내전이 일어날 리가 없어.'

로디우스 1세는 로크토 제국의 황제.

오공작이 가지고 있는 국방, 법치, 행정, 외교, 감찰의 권한은 본래 황제의 것이었다.

황제 입장에서는 자기 것을 다시 되찾아왔을 뿐이다.

오공작으로서는 화는 나지만 반란을 일으킬 마땅한 명분이 없었다.

'거기다 로디우스 1세는 고령이야.'

로디우스 1세는 언제 죽어도 이상할 게 없는 노인이었고.

황태자인 로디우스 2세는 정치의 '정' 자도 모르는 개망나니다.

'오공작 입장에서는 황제인 로디우스 1세가 죽는 걸 기다리는 게 이득이지.'

왜?

황태자인 로디우스 2세가 황제 자리에 오르면 더 많은 권력을 더 손쉽게 빼앗아 올 수 있으니까.

더군다나 오공작은 서로 협력하는 존재이기도 했지만.

'서로 대립하는 존재이기도 하지.'

황제가 일공작이 가지고 있는 국방이나 오공작이 가지고 있는 감찰 권한을 회수했다면?

오공작도 이렇게 얌전히 숨죽이고 있지는 않았을 것이다.

하지만 외교의 경우.

'로크토 제국 내에 끼칠 수 있는 영향력이 가장 약하지.'

오히려 사공작 오르페수스를 제외한 다른 공작들의 입장에서는.

'외교권까지 자기들이 손에 넣을 수 있는 기회가 된다.'

아무리 생각해도 이건.

'로디우스 1세가 머리를 잘 썼어.'

그간 로디우스 1세는 사공작 오르페수스만 집중 공격했다.

나머지 공작들의 경우 실책이 있어도 굳이 지적하지 않았고 그들이 가지고 있는 권한 역시 일절 탐내지 않았다.

처음에는 황제인 로디우스 1세가 황태자인 로디우스 2세를 위해 오공작이 쥐고 있는 신권을 무너트리고 황권을 강화할 목적이라고 생각해 민감하게 반응했는데.

'차분히 보면 로디우스 1세의 목표는 처음부터 끝까지 사공작 오르페수스뿐이었지.'

거기다 로디우스 1세는 사공작 오르페수스가 마왕의 하수인이라는 소문까지 퍼트렸다.

그리고 그 소문을 조사해야 한다는 이유로 사공작 오르페수스를 자택 연금시키고 대대적인 수사에 들어갔다.

나머지 공작들은?

'갈팡질팡하고 있지.'

사공작 오르페수스가 진짜 마왕의 하수인이라 황제 로디우스 1세가 공격을 한 건지.

아니면 오공작의 힘을 줄이기 위해 황제 로디우스 1세가 사공작 오르페수스에게 마왕의 하수인이라는 누명을 씌운 건지.

'알 수가 없지.'

여기에 세실리아가 이끄는 중립파가 황제파에 힘을 실어 주었다.

혼란에 빠진 공작들은 상황이 불리하게 돌아가자 사공작 오르페수스를 적극적으로 변호하는 대신.

'조사의 중립성을 지키겠다며 오히려 황실 조사대에 자신의 수족들을 추가해 버렸지.'

사공작 오르페수스가 마왕의 하수인이라는 증거가 나오지 않는다면?

그걸 빌미로 황제인 로디우스 1세를 정치적으로 압박하면 된다.

소문대로 사공작 오르페수스가 마왕의 하수인이라면?

사공작 오르페수스를 버리면 그만이다.

괜히 사공작 오르페수스를 돕겠다고 편을 들다가는?

자신들도 마왕의 하수인이라는 누명을 쓸 수 있었기 때문이다.

'뒤처리는 하고 가는 거 같아서 다행이네.'

로디우스 1세의 수명은 1년이 채 남지 않은 상황.

로디우스 1세가 죽기 전에 사공작 오르페수스만 처리해도 강현수 입장에서는 크게 한숨 돌리게 된다.

'사실 가장 좋은 건 로디우스 1세가 황태자를 폐위시키고 세실리아를 후계자로 삼는 건데.'

그렇게 되면?

로디우스 1세가 사공작 오르페수스를 처리하지 못하고 사망해도 크게 걱정할 필요가 없었다.

문제는.

'세실리아가 사생아란 말이지.'

거기다 여자다.

로크토 제국의 역사상 여황제가 등장한 적은 단 한 번도 없었다.

중립파 귀족들의 세력이 많이 늘었다고 해도.

'아직 황제파와 오공작파에 비할 바는 아니야.'

황제인 로디우스 1세도 자신의 외아들인 황태자를 후계로 삼았고.

오공작파 역시 어리석은 황태자를 지지하고 있었다.

이런 상황에서 중립파가 섣부르게 나서 봐야.

'어둠 속에 숨어 있는 세실리아의 정체가 드러날 확률만 높아져.'

유일한 해결책은.

'황태자를 죽여 버리는 건데.'

그럼 로디우스 1세의 대안은 개망나니 손자들과 사생아인 세실리아밖에 남지 않는다.

'하지만 그건 위험 부담이 너무 커.'

달의 그림자 스킬을 사용하면?

황태자를 죽이는 건 가능하다.

하지만 뒤처리가 문제였다.

'복수의 문양은 분명히 있을 거고.'

그것도 중화길드원들이 사용하던 하위 랭크 수준이 아니라 평생 지워지지 않은 EX랭크의 복수의 문양이 자리 잡고 있을 거다.

'또 로디우스 1세가 나를 의심하면 곤란해.'

황실의 삼엄한 경계를 자유롭게 뚫고 다닐 만한 존재는?

다크 나이트뿐이다.

증거를 남기지 않는다고 해도 황제인 로디우스 1세의 의심을 산다면?

'애써 만든 로크토 제국과 다크 나이트의 연계가 무너져 버릴 수도 있어.'

아니, 연계가 무너지는 수준이 아니라 아예 불구대천의 원수 사이가 되어 버릴 것이다.

'일단은 기다리자.'

황제인 로디우스 1세가 살아 있을 때 황태자를 죽이는 것보다.

로디우스 1세가 사망하고 황태자인 로디우스 2세가 황제에 오른 후 처리하는 게.

'오히려 더 안전할 수도 있어.'

지금 집중해야 할 건.

도플갱어들의 수장 탈리만 남작과 토벌대의 충돌이었다.

저벅저벅.

용호길드 간부의 모습을 한 탈리만 남작이 사냥터로 진입했다.

'이 몸이 하등한 인간들을 돕기 위해 직접 몸을 움직여야 하다니.'

마음 같아서는 수하 도플갱어들만 보내고 싶었지만.

그렇게 하면.

'계획이 실패할 확률이 올라간다.'

탈리만 남작은 인간을 마족보다 하등하고 나약한 종이라

고 생각했다.

하지만.

마족 우월주의에 빠져 몇몇 인간들이 마족보다 뛰어나다는 사실을 부정할 정도로 멍청하지는 않았다.

'다크 나이트라.'

마롱 카라스 남작이 다크 나이트에게 당했다.

물론 다크 나이트 단독으로 이뤄 낸 성과는 아니다.

로크토 제국과 그 제후국에서 모집된 정예 플레이어들이 모두 힘을 합쳐 이뤄 낸 성과였다.

'하지만 그렇다고 해서 다크 나이트를 만만하게 볼 수는 없지.'

어쨌든 마롱 카라스 남작의 숨통을 끊은 건 다크 나이트였고.

도플갱어들의 정체를 감별하는 방법을 알린 것도 다크 나이트였다.

'이번 기회에 다크 나이트라는 조직의 뿌리를 뽑아야 한다.'

다크 나이트는 계속해서 마왕군의 침공을 방해하고 있다.

미래를 알 수 있는 초월적인 스킬.

강력한 무력.

정확히 몇 명으로 구성되어 있는지 파악하기조차 힘든 은밀함.

다크 나이트를 제거해야.

자신의 대외 활동이 원활해지고.

앞으로 차원 게이트를 넘어 아틀란티스 차원으로 올 마왕군이 원활히 활동할 수 있다.

'미래를 알 수 있는 스킬이 가장 문제야.'

도플갱어들의 약점을 알아낸 것도 그 스킬의 힘이리라.

'어디 한번 와 보거라.'

탈리만 남작은 다크 나이트들이 자신을 향해 덤벼들기를 바랐다.

'모조리 죽여 주마.'

다크 나이트를 죽이면?

기억의 일부를 얻을 수 있다.

죽은 다크 나이트의 외형을 흉내 내면?

다크 나이트로 위장해 그들의 뿌리를 뽑아낼 수 있다.

'음?'

그때.

두두두두!

열 명 남짓의 플레이어들이 빠른 속도로 접근해 포위망을 구성했다.

'뭐지? 다크 나이트인가?'

미래를 알 수 있는 초월적인 스킬을 가진 다크 나이트라면.

자신의 공격을 예상했을 수도 있다.

그게 아니라면?

'단순히 순찰 중인 발해길드나 고려길드 소속 플레이어일 수도 있겠지.'

어쩌면 다크 나이트, 발해길드, 고려길드의 연합일 수도 있었다.

'누구든 상관없다.'

다크 나이트든 발해길드든 고려길드든 어차피 탈리만 남작의 입장에서는 죽여야 할 적일 뿐이었다.

한데 그런 탈리만 남작 앞에 모습을 드러낸 것은.

'로크토 제국의 문양?'

열 명으로 이루어진 로크토 제국 토벌대 파티였다.

"저놈들이 도플갱어란 말이지?"

"정보가 확실하다면 그렇겠지."

"겉으로 보기에는 인간처럼 보이는데."

"피를 은에 뿌려 보면 정체가 드러난다고 하니 테스트를 해 보면 되겠지."

로크토 제국의 토벌대가 나누는 대화에 탈리만 남작이 얼굴을 일그러뜨렸다.

'도대체 뭐가 어떻게 된 거지?'

로크토 제국의 토벌대가 온다는 소식은 듣지 못했다.

용호길드에서도 알려 주지 않았고.

탈리만 남작이 주군으로 모시는 마계 공작 역시 알려 주지 않았다.

오히려.

'샤달리안 대공의 계약자가 로크토 제국이 토벌대를 보내는 걸 막겠다고 했다고 들었는데.'

탈리만 남작으로서는 뒤통수를 연달아 얻어맞은 격이었다.

현재 사공작 오르페수스는 자신의 계약자인 샤달리안 대공과 연락을 취할 수가 없었다.

마왕의 하수인이라는 의심을 받고 가택 연금을 당한 상태로 대대적인 조사를 받고 있었기 때문이다.

기존에 가지고 있는 증거도 감춰야 할 판에 산 제물을 사용해 계약자인 샤달리안 대공과 연락을 취할 수는 없는 노릇이었다.

자칫 잘못해 걸리기라도 하면?

빼도 박도 못하고 마왕의 하수인으로 낙인찍힐 테니까.

거기다 용호길드의 경우.

강현수의 소환수인 도플갱어 1호로 인해 정보를 차단하는 걸 넘어서 탈리만 남작의 위치를 실시간으로 로크토 제국 토벌대에게 알려 주고 있었다.

"괜한 의심을 피하고 싶다면 얌전히 있어라."

휘익!

로크토 제국의 토벌대 중 하나가 검을 휘둘렀다.

목이나 심장을 노린 건 아니고 팔을 노린 공격이었다.

"킄킄킄!"

탈리만 남작의 입에서 허탈한 웃음소리가 터져 나왔다.

탁!

탈리만 남작이 로크토 제국의 토벌대가 휘두른 검을 왼손으로 붙잡았다.

그리고 힘을 줘 검을 잡아당겼다.

"어어?"

로크토 제국의 토벌대원이 검을 놓지 못하고 얼떨결에 그대로 끌려왔다.

덥석.

탈리만 남작의 오른손이 로크토 제국 토벌대원의 머리를 붙잡았고.

콰직!

그대로 으깨 버렸다.

"뭐가 어떻게 된 건지 모르겠지만, 그건 네놈들을 모조리 죽인 후 알아보도록 하마."

분노한 탈리만 남작의 전신에서 측량 불가 수준의 칠흑빛 마기가 뭉글뭉글 뿜어져 나왔다.

"히익!"

"지, 진짜 마족이었어!"

"당장 지원 요청해!"

로크토 제국의 토벌대 파티가 화들짝 놀라 외쳤지만.

휘익!

칠흑빛 마기에 휩싸인 탈리만 남작의 검은 이미 토벌대의 앞에 도착해 있었다.

그 순간.

콰콰콰콰!

한 줄기의 핏빛 오러가 탈리만 남작의 목을 향해 날아왔다.

"큭!"

탈리만 남작이 공격을 멈추고 자신에게 날아오는 공격을 막기 위해 검을 비틀었다.

쫘아아앙!

마기가 담긴 검과 핏빛 오러가 충돌하며 커다란 폭발음이 터져 나왔고.

저벅저벅.

"얼른 신호탄이나 쏴."

강현수가 모습을 드러냈다.

최고의 만찬

'저런 멍청한 놈.'

강현수는 어이가 없었다.

'마족을 우습게 봐도 유분수지.'

애초에 강현수의 계획은 로크토 제국의 토벌대와 힘을 합쳐 탈리만 남작과 도플갱어들이 발해길드와 고려길드를 공격하지 못하게 막는 것이었다.

한데 로크토 제국의 토벌대가 멍청한 짓을 했다.

탈리만 남작과 도플갱어들의 대략적인 위치를 제보받은 후 수색을 한답시고.

'인원을 나눴어.'

도플갱어 무리가 열 명으로 이루어진 플레이어 파티로 위장한 채 이동한다는 말을 듣고 그렇게 한 것 같은데.

'같은 열 명이라도 질이 다르다고.'

마계 귀족인 탈리만 남작이 있었고.

나머지 아홉 마리 역시 아틀란티스 차원의 네임드 플레이어 수준의 무력을 가진 최상급 도플갱어들이었다.

토벌대 전원이 뭉쳐서 싸워도 이길까 말까 한 적을 상대로 인원을 나눴으니.

강현수가 어떻게 손써 볼 틈도 없이 한 명이 죽고 나머지 아홉 명도 전멸할 뻔했다.

"네놈이 다크 나이트로구나."

탈리만 남작이 전신을 갑옷으로 감싼 강현수를 바라보며 눈을 빛냈다.

"그렇다면?"

"무력이 꽤 뛰어나구나. 아마 다크 나이트에서도 꽤 높은 직위에 있겠지. 나타나 줘서 고맙다."

"왜? 나를 죽이고 나로 위장이라도 하려고?"

강현수의 물음에.

"정답이다."

탈리만 남작이 미소를 지으며 고개를 끄덕였다.

"할 수 있으면 해 보시든가."

"제법 자신만만하구나."

"너야말로."

0레벨
플레이어

강현수와 탈리만 남작이 대화를 나누며 마력과 마기를 끌어올렸다.

어차피 말로 다투는 것은 아무런 의미가 없다.

이곳은 힘이 모든 것을 지배하는 아틀란티스 차원이었고.

그런 만큼.

타악!

자신의 뜻을 관철시키기 위해서는 힘으로 상대를 꺾어야했다.

꽈아아아앙!

강현수와 탈리만 남작이 정면으로 충돌했다.

'역시 강해.'

단 한 번 충돌했을 뿐인데.

손목이 아리고 손아귀가 찢어질 것 같은 충격이 느껴졌다.

하지만.

'충분히 해볼 만해.'

상대가 마계 남작이라고는 하나.

마룡 카라스 때와는 상황이 달랐다.

그간 강현수는 계속해서 누적 스텟을 쌓아 왔다.

특히 괴력 스킬 덕분에 힘 스텟이 무지막지하게 늘어났다.

어디 그뿐인가?

탐식의 검, 수호의 반지, 얼음 왕의 목걸이, 마룡갑, 악몽의 반지, 건강의 반지, 여신의 눈물 같은 EX랭크 아이템들을 습득했고.

수많은 업적들과 야수화, 불사의 서, 달의 그림자 같은 EX랭크 스킬들도 손에 넣었다.

우득우득!

강현수의 전신이 부풀어 오르며 그에 걸맞게 마룡갑의 형태가 변했다.

"야수화? 역시 수인족이었나?"

다크 나이트가 처음 이름을 알린 곳은 수인족들의 나라 무란 왕국.

그렇기에 다크 나이트의 본진이 무란 왕국에 있다는 추측도 꽤 많았다.

"그게 중요한 게 아닐 텐데?"

그 말과 함께.

사라라락!

강현수의 몸이 허공에서 눈 녹듯 사라져 버렸다.

휘익!

그 후 탈리만 남작의 등 뒤에서 모습을 드러내 공격을 가했다.

파강!

탈리만 남작이 재빨리 몸을 비틀어 강현수의 공격을 막아냈다.

"재미있는 잔재주를 피우는구나. 그게 네놈의 목숨을 부

0레벨
플레이어

지시켜 줄 것 같으냐?"

"충분히 그럴 수 있을 것 같은데?"

"지금 당장은 그럴 수 있을 것 같구나. 하지만 그 스킬이 다른 인간들까지 지켜 주지는 못하겠지. 모조리 죽여라."

"예!"

탈리만 남작이 휘하 도플갱어들에게 명령을 내렸고.

도플갱어들이 로크토 제국의 토벌대 파티를 향해 달려들었다.

이에 강현수 역시.

"도플갱어들을 죽여."

소환수들에게 명령을 내렸다.

"충!"

짧은 대답과 함께 대대장과 중대장으로 구성된 소환수들이 도플갱어들에게 달려들었다.

꽈앙! 꽈앙! 꽈아앙!

강현수와 탈리만 남작이 정면으로 충돌했고.

소환수들과 도플갱어들 역시 치열한 접전을 벌였다.

"저게 다크 나이트?"

"엄청나게 강하잖아!"

"저 정도면 신급 칭호를 받아도 이상할 게 없어."

"지금 뭘 멍하니 구경하고 있는 거냐! 우리도 합류한다!"

로크토 제국의 토벌대 파티가 지원 요청 신호탄을 쏘아 낸 뒤 전투에 합류했다.

그러나 어디까지나 소환수와 도플갱어 들의 접전에 끼어들었을 뿐.

강현수와 탈리만 남작의 접전에는 접근조차 하지 못했다.

왜냐하면.

콰콰콰콰콰!

핏빛 오러에 휩싸인 강현수와.

파지지지직!

칠흑빛 마기에 휩싸인 탈리만 남작의 접전은.

'우리들이 끼어들 수준이 아니야.'

'전투 중 터져 나오는 오러나 마기의 파편에 휩쓸리기만 해도 죽는다.'

천외천.

고레벨 플레이어와 랭커 플레이어로 이루어져 있는 로크토 제국의 토벌대가 감히 접근하기도 힘든 수준이었다.

강현수는 탈리만 남작과 막상막하의 치열한 접전을 벌이고 있었다.

'이런 망할!'

현재 탈리만 남작은 적잖이 당황한 상태였다.

'다크 나이트가 이렇게 강했단 말인가?'

마롱 카라스 남작이 다크 나이트의 손에 죽었다고는 하지만.

그건 일종의 어부지리였을 것이라고 생각했다.

마룽 카라스 남작을 공격했던 로크토 제국의 토벌대에 다크 나이트가 포함되어 있기는 했지만.

'열 명 남짓의 소수라고 했어.'

그럼 사실상 마룽 카라스 남작이 목숨을 걸고 싸운 상대는 로크토 제국의 토벌대였다.

'결국은 승리했고.'

로크토 제국 역시 토벌대의 전멸에 크게 당황했고 대도시 바란의 주민과 수비병 들은 피난 준비를 했다고 했다.

그런 상황에서.

'다크 나이트가 마룽 카라스 남작의 숨통을 끊는 모습을 목격했다는 소문이 돌았어.'

그리고 그 소문은 사실로 밝혀졌다.

당연히 탈리만 남작의 입장에서는.

다크 나이트가 로크토 제국의 토벌대를 미끼로 이용해 마룽 카라스 남작을 빈사 상태로 만들고 어부지리를 취한 것이라고 생각할 수밖에 없었다.

하지만.

'그게 아니었어.'

지금은 그 생각을 크게 수정해야 할 것 같았다.

현재 자신과 싸우고 있는 다크 나이트의 무력은.

'나와 거의 대등한 수준이다.'

아니, 힘 하나만큼은 오히려 자신을 능가했다.

거기다.

또 다른 다크 나이트들 역시 최상위 도플갱어들을 일방적으로 몰아붙일 만큼의 강자들이었다.

이 정도 수준이라면?

'운이 아니라 실력으로 마롱 카라스 남작을 죽였을 수도 있겠어.'

탈리만 남작의 속이 타들어 갔다.

'내가 오만했어.'

스스로는 다크 나이트의 저력을 높게 평가했다고 생각했지만.

그래 봤자 자신이 직접 나서면 해결할 수 있는 수준이라고 평가절하 했다.

그 결과.

'위험하다.'

최상급 도플갱어들은 거의 전멸 직전.

거기다.

두두두두!

멀리서 강력한 마력을 가진 존재들이 빠른 속도로 접근하고 있었다.

그들의 정체는 뿔뿔이 흩어져 있던 로크토 제국의 토벌대와 이 사냥터의 주인이라고 할 수 있는 발해길드, 고려길드의 최정예 플레이어들이었다.

검살존, 적염제, 얼음 여왕, 화염 마녀, 정화의 성자, 검왕, 인의군왕, 송하나, 투황.

최상위 네임드 플레이어 수준의 마력을 가진 이의 숫자만 아홉 명이었고.

다른 네임드 플레이어와 랭커 플레이어 들까지 합치면?

그 수가 족히 2백 명에 달했다.

'이런 망할.'

다크 나이트 하나와 겨우 동수를 이루고 있는 상황.

이런 상황에서 저들까지 합류하면?

'죽는다.'

탈리만 남작의 등 뒤가 축축이 젖어 들어갔다.

휘하 도플갱어들을 이끌고 선봉대 역할을 맡아 아틀란티스 차원으로 넘어오기는 했지만.

탈리만 남작은 자신이 죽을 수도 있다는 가정 자체를 단한 번도 해 본 적이 없었다.

오히려 대규모 살육을 통해 승급할 절호의 기회라고 생각했다.

왜?

자신은 힘만 믿고 설치는 마룡 카라스 남작과 다르니까.

태생부터 금수저를 물고 태어나 성룡이 되자마자 남작의 작위를 받은 오만한 마룡은 정면 대결로 인간들과 싸우다 패배했다.

하나 도플갱어라는 최하위 마족으로 태어나 스스로의 힘으로 마계 남작의 작위를 쟁취한 자신은 머리라는 것을 쓸줄 알았다.

또 마룡족과 다르게 아틀란티스 차원의 인간으로 완벽한 위장이 가능했다.

그러나 그 모든 장점이.

다크 나이트라는 존재로 인해 무너져 내렸다.

또한 자신 역시.

'인간을 너무 얕잡아 봤어.'

다크 나이트가 아무리 날고 기어도 자신의 아래라고 생각했다.

그리고.

마족과 계약한 인간을 너무 믿었다.

"으득!"

탈리만 남작이 어금니를 악물었다.

'일단은 이곳에서 빠져나가야 한다.'

살아남아야 훗날을 기약할 수 있고.

복수도 할 수 있다.

'이곳에서 허무하게 죽을 수는 없다.'

타악!

탈리만 남작이 몸을 돌려 도주를 선택했다.

하지만 너무나 당연하게도.

"어딜 가는 거냐!"

강현수가 그걸 용납할 리 없었다.

콰콰콰콰!

핏빛 오러에 휩싸인 강현수의 검이 탈리만 남작의 등 뒤를 향해 날아갔다.

그 순간.

탈리만 남작의 왼팔과 상반신 일부가 몸통에서 떨어져 나와 드래곤 터틀의 형태로 변했다.

꽈아아아앙!

드래곤 터틀의 형태로 변한 탈리만 남작의 신체 일부가 강현수의 공격을 막아 냈고.

그 후 곧바로 크라켄의 형태로 바뀌어 강현수를 향해 달려들었다.

꽈앙! 꽈앙! 꽈앙!

강현수의 공격이 이어질 때마다 크라켄의 다리가 그대로 잘려 나갔지만.

다행히 어느 정도 시간을 끌 수 있었고.

휘익!

그사이 맹금류의 형태의 몬스터로 모습을 바꾼 탈리만 남작이 하늘을 가로지르며 전장을 이탈했다.

'정말 가지가지 하네.'

강현수는 어이가 없었다.

'자기가 무슨 도마뱀도 아니고.'

도마뱀이 꼬리를 자르고 도망치는 것처럼 자신의 신체 일부를 분리해 미끼로 삼고 도망쳤다.

'도플갱어는 인간형이나 지상형 몬스터로만 형태를 바꿀수 있는 줄 알았는데, 그것도 아니었던 모양이네.'

마계 귀족쯤 되면 비행 몬스터로 변하는 재간도 부릴 수 있는 모양이다.

사실 마음 같아서는 추격해서 숨통을 끊어 버리고 싶었지만.

'무리지.'

사실 지금까지 탈리만 남작과 대등하게 싸운 것은 순수한 강현수의 실력이 아니라.

'템빨이지.'

특히 대마족 병기라고 할 수 있는 여신의 눈물이 준 도움이 컸다.

하지만 그 템빨도 거의 끝을 달리고 있었다.

'수호의 반지와 얼음 왕의 목걸이에 내장된 방어 스킬이 전부 다 소모됐어.'

그것도 모자라 체력과 마력도 거의 바닥이었다.

탐식의 검, 뱀피릭 오러, 여신의 눈물, 마력의 심장이 체력과 마력을 끊임없이 회복시켜 줬지만.

오레빽
플레이어

'회복되는 것보다 소모되는 게 더 많았지.'

역시 마계 귀족다운 전투력이었다.

'괴력 스킬을 좀 더 적극적으로 사용할 수 있었으면 좋았을 텐데.'

괴력 스킬 덕분에 큰 도움을 받기도 했지만.

체력이 너무 빨리 떨어진다는 단점이 있었다.

힘, 민첩, 체력, 마력, 정신력.

이 다섯 개의 스텟은 각각의 균형을 이루고 있다.

특히 힘 스텟의 경우.

'힘이 너무 강하면 몸이 버티지를 못해.'

여단 구성 스킬을 사용하기 위해 모든 미분배 스텟을 힘에 투자했다가.

'몸이 터져 나갈 뻔했지.'

힘이 아무리 강해도 그걸 버텨 줄 육체가 밑바탕이 되어야 했다.

육체를 강화하려면?

체력 스텟을 찍어야 했다.

또한.

'힘 스텟이 높으면 공격에 소모되는 체력이 너무 많아.'

힘 스텟이 올라가면?

당연히 공격력이 올라간다.

하지만.

그 공격력을 발휘하는 데 소모되는 체력 역시 증가한다.

12기통 고마력 엔진을 장착한 차량이 엄청난 출력을 내는 대신.

기름을 미친 듯이 퍼먹는 것처럼 말이다.

'결국 더 강해지려면 균형을 맞춰야 해.'

특히 체력 스텟을 더 많이 보충해야 했다.

지금과 같은 단기전은 큰 지장이 없지만.

장기전이 된다면?

몸이 더 이상 버텨 낼 수 없다.

'체력 스텟에 좀 더 집중 투자를 해야겠어.'

그래야 괴력 스킬로 인해 늘어난 힘 스텟을 감당할 수 있었다.

그렇지만 너무나 당연하게 민첩, 마력, 정신력 같은 스텟들 역시 중요했다.

힘과 체력 스텟만 높으면.

민첩 스텟이 높은 암살자형 플레이어에게 농락당할 수 있고.

마력과 정신력 스텟이 낮으면.

마법사 계열 플레이어에게 타격감 좋은 고기 방패 취급을 당할 수 있다.

'역시 스텟은 아무리 많아도 부족하네.'

괴력 스킬을 사용해 힘 스텟을 최대치로 찍고 나머지 미분배 스텟을 그걸 버틸 수 있는 체력에 투자한 상태의 강현수를 냉정하게 평가하면?

황, 성, 제, 존의 칭호를 얻은 플레이어 수준이었다.

'전사나 탱커 타입의 네임드 플레이어라면 오히려 내가 우세해.'

하지만 반대로 암살자 타입이나 마법사 타입이라면?

'오히려 불리하지.'

상대가 암살자나 마법사 타입이라면?

차라리 괴력 스킬로 찍는 힘 스텟의 비율을 최대한 줄이고 민첩, 마력, 정신력 스텟을 더 찍는 게 더 유리했다.

'탈리만 남작은 전사형이었는데.'

그럼에도 불구하고 동수였다.

탈리만 남작은 애초에 족히 수백 명의 네임드 플레이어와 랭커 플레이어를 쓸어버릴 수 있는 무력을 지니고 있었다.

사실 강현수가 아무리 아이템빨과 스킬빨의 도움을 받았다고 해도.

마계 귀족인 탈리만 남작과 대등하게 싸운 것 자체가 기적이나 마찬가지였다.

'하지만 더 이상은 무리지.'

탈리만 남작이 로크토 제국의 토벌대와 강현수의 휘하에 있는 송하나, 투황, 검왕, 인의군왕을 보고도 도망치지 않았다면?

'계획이 틀어질 수도 있었어.'

왜냐하면.

그때는 정말 목숨을 걸고 생사결을 벌여야 하기 때문이다.

'어쩌면 마룽 카라스까지 선보여야 했을 수도 있어.'

하지만 아직은 마룽 카라스를 선보일 때가 아니었다.

거기다.

강현수가 리타이어한 상황에서.

로크토 제국의 토벌대, 강현수의 휘하에 있는 플레이어들,
마룽 카라스를 비롯한 대대장들을 모두 동원한다고 해도.

'탈리만 남작을 이길 수 있다고 장담하기는 힘들어.'

이길 수도 있지만.

질 수도 있다.

설사 이기더라도.

'피해가 엄청났을 거야.'

로크토 제국의 토벌대와 강현수 휘하에 있는 플레이어들
중 다수가 목숨을 잃었을 것이고.

엄청난 스탯을 쏟아부어 만든 대대장급 소환수들이 대거
소멸했을 것이다.

'도망쳐 줘서 고맙다.'

강현수의 입가에 환한 미소가 피어올랐다.

'덕분에 계획을 계속 진행할 수 있겠어.'

애초에 강현수는 이 자리에서 탈리만 남작을 죽일 생각이

없었다.

'토벌대를 먼저 소모시키고 소환수들을 총동원했으면 이 자리에서 탈리만 남작의 숨통을 끊었을 수도 있었겠지만.'

그건 강현수 입장에서 수지가 맞지 않는 장사였다.

로크토 제국의 토벌대?

'아껴야지.'

그들은 훗날 로크토 제국의 여황제로 등극할 세실리아의 신하들이다.

세실리아의 신하는?

'내 신하나 마찬가지지.'

송하나와 투황은 휘하 세력이 없으니 그렇다고 쳐도.

검왕의 발해길드와 인의군왕의 고려길드 역시.

'내 것이나 마찬가지야.'

소환수들은 더 말할 것도 없다.

그 모든 것을 동원해 고작 마계 남작 하나를 제거한다?

'그건 플러스가 아니라 마이너스야.'

그렇기에 애초에 강현수가 이 자리에 온 목적은.

로크토 제국의 토벌대와 힘을 합쳐 탈리만 남작을 쫓아내는 거였다.

하지만.

'토벌대가 인원을 나누는 악수를 뒀어.'

그때부터 계획이 약간 어긋났다.

강현수 혼자 탈리만 남작과 싸우는 꼴이 되었기 때문이다.

그 즉시 강현수는 혹시 몰라 대기시켜 놨던 검왕 장석원과 인의군왕 신창호가 이끄는 발해, 고려길드와 송하나, 투황을 불러들였다.

그런데 타이밍 좋게.

'로크토 제국의 토벌대랑 같이 왔지.'

그리고 탈리만 남작이 지레 겁을 먹고 도망쳤다.

'운이 좋았어.'

탈리만 남작이 좀 더 버텼다면?

피해가 상당히 커졌으리라.

'잘 가라. 그리고 용호길드와 제대로 한판 붙어라.'

마족인 탈리만 남작과 서로 죽고 죽이는 혈투를 벌여야 하는 대상은 강현수의 세력이 아니라.

'마왕의 하수인인 용호길드지.'

이미 판을 다 짜 놨다.

계획이 그대로 진행되면?

탈리만 남작과 용호길드는 충돌할 수밖에 없다.

그리고 그들의 갈등이 마계에 있는 뒷배들의 갈등으로 커질 것이다.

그럼 강현수 입장에서는?

'일석이조를 넘어 일석삼조가 되는 거지.'

탈리만 남작과 용호길드 중 누가 이기든.

'멀쩡하지는 못하겠지.'

아마 만신창이가 되어 있을 것이다.

강현수는 그때 나서서.

'잘 차려진 밥상에 숟가락을 올리고 맛있게 먹으면 그만이야.'

업적 누수 역시 걱정할 필요가 없다.

인간 사냥꾼과 노예 상인들을 처리하며.

직접 죽이는 것만이 아니라.

죽을 수밖에 없는 상황을 만든 것만으로도 업적을 준다는 사실을 확인했으니까.

❖

검살존 라그노와 적염제 도르초프는 로크토 제국의 토벌대를 이끄는 수장이다.

존과 제의 칭호를 가진 이들이니 로크토 제국 입장에서는 최고의 실력자를 무려 둘이나 보낸 것이다.

그러나 검살존 라그노와 적염제 도르초프의 심기는 그리 편하지 않았다.

'고작 도플갱어 같은 하급 마족을 사냥하는 데 내가 나서야 하다니.'

귀족이자 기사인 검살존 라그노는 스스로에 대한 자부심

이 강했다.

그렇기에 하급 마족을 잡기 위해 자신이 동원되었다는 사실에 자존심이 상했다.

자신의 격에 맞지 않는 임무라고 생각했기 때문이다.

'마계 귀족이라고는 하지만, 고작 남작. 거기다 도플갱어 출신이 강해 봐야 얼마나 강하다고.'

마음 같아서는 가고 싶지 않았다.

그러나 주군인 황제 로디우스 1세의 명령을 거스를 수는 없었기에 어쩔 수 없이 토벌대의 수장 자리를 맡았다.

반면 적염제 도르초프의 경우는.

'타 차원의 플레이어들이 일방적으로 희생당하는 일을 막아야 한다.'

적염제 도르초프는 타 차원 출신 플레이어로, 거대 길드인 레드베어길드의 길드 마스터였다.

마롱 카라스 토벌 당시.

적염제 도르초프는 장거리 원정을 떠난 상태였다.

그렇기에 마롱 카라스 토벌에 참여하지 못했다.

어찌 보면 운이 좋다고 할 수도 있었다.

마롱 카라스 토벌에 참가했던 네임드 플레이어와 랭커 플레이어 들은 모두 전멸했으니까.

하나 적염제 도르초프는 전혀 기쁘지 않았다.

오히려 그가 빠졌기에 전투의 방향이 타 차원 출신 플레이어들을 희생시키는 쪽으로 진행되었고.

그랬기에.

'전멸이라는 큰 피해를 입은 거다.'

적염제 도르초프가 마룡 카라스 토벌대에 합류했다면?

타 차원 출신 플레이어들의 희생이 큰 작전은 실행되지 못했을 것이다.

제아무리 권황과 무존이라고 해도.

그가 반대하는 작전을 무작정 강행할 수는 없었으니까.

'이번에도 그런 일이 발생하게 내버려 둘 수는 없다.'

적염제 도르초프가 이번 작전에 자진해서 지원한 건.

타 차원 출신 플레이어들의 희생을 방지하기 위함이었다.

또한.

'다크 나이트에게 그날 치른 핏값에 대한 정당한 보상을 받아 낼 것이다.'

마룡 카라스의 숨통을 끊은 건 다크 나이트다.

하지만 그 전투는 다크 나이트 단독으로 치른 게 아니다.

'수백에 달하는 토벌대의 희생이 있었기에 다크 나이트가 마룡 카라스를 쓰러트릴 수 있었다.'

마룡 카라스와의 전투에서 다크 나이트의 정예들이 희생되지 않은 것은 아니지만.

그 숫자는 채 20명도 되지 않는다.

그럼 당연히 더 많은 희생을 치른 토벌대 소속 국가와 길드에게 마롱 카라스 레이드 성공으로 얻은 전리품을 넘겨주어야 했다.

'하지만 다크 나이트는 그 전리품을 망자들과 함께 나누지 않고 홀로 독점했지.'

적염제 도르초프가 다크 나이트의 공을 아예 인정하지 않는 건 아니다.

다만.

'20% 정도면 충분하지.'

넉넉하게 잡아도 30%가 최선이었다.

'그동안은 다크 나이트의 위치를 알 수 없어 청구할 수 없었지만.'

이제는 상황이 달라졌다.

단지 한 가지 의문점이 있다면.

'황제가 다크 나이트와 지속적으로 접촉하는 것 같던데 왜 전리품을 요구하지 않은 거지?'

비공식적으로 전리품을 받았을 수도 있기는 하지만.

'그럴 확률은 낮다.'

마롱 카라스의 손에 권황과 무존이 사망하고 토벌대가 전멸했다.

대도시 바란에 대피령이 떨어지고 2차 토벌대를 소집하는 와중에.

'다크 나이트가 마롱 카라스를 쓰러트렸다는 소문이 퍼졌

지.'

그 소문이 사실로 밝혀지자.

'로크토 제국은 큰 망신을 당했어.'

반대로 다크 나이트의 명예는 드높아졌다.

로크토 제국이 다크 나이트에게 전리품을 받아 냈다면?

'대대적으로 홍보해서 떨어진 제국의 명예를 회복하려 했겠지.'

이렇게 가만히 입 다물고 있지는 않을 것이다.

그나마 가장 가능성이 높은 것은.

'다크 나이트가 독점하고 있는 정보의 중요성을 의식해 로크토 제국이 통 큰 양보를 한 거겠지.'

거대한 제국을 경영하는 황제의 입장에서는 충분히 그럴 수 있다.

하나.

'그건 나와 아무런 상관도 없는 일이야.'

타 차원 출신 플레이어들은 강제로 아틀란티스 차원에 끌려와 자신의 목숨을 걸고 몬스터나 마족과 싸우고 있다.

그럼 최소한.

'보상이라도 제대로 받아야지.'

적염제는 다크 나이트를 만나 마롱 카라스 레이드에서 희생당한 타 차원 출신 플레이어들의 몫에 해당하는 전리품을 요구할 생각이었다.

상황이 이렇다 보니.

검살존 라그노와 적염제 도르초프는 토벌대의 수장임에도 도플갱어들은 안중에도 없었다.

애초에 도플갱어들을 중대한 위협으로 생각했다면?

제보를 받았음에도 토벌대를 파티 단위로 쪼개 수색을 보내지도 않았을 터였다.

하지만.

신호탄이 터진 장소에 도착한 검살존 라그노와 적염제 도르초프는 자신들이 큰 착각을 했음을 깨달았다.

측량 불가 수준의 거대한 마기가 그들의 몸을 짓눌렀기 때문이다.

'이게 무슨?'

도플갱어를 하급 마족이라고 무시했던 검살존 라그노는.

'저게 마족?'

자신의 전신을 짓누르는 마기의 존재감에 어금니를 악물었고.

도플갱어는 안중에도 없고 다크 나이트를 만나 전리품을 받아 낼 생각만 했던 적염제 도르초프는.

'이 자리에서 죽을 수도 있겠어.'

죽음의 공포와 정면으로 마주해야 했다.

그나마 다행인 점은.

콰아앙! 콰아앙! 콰아앙!

전신을 칠흑빛 갑주로 뒤덮은 플레이어 하나가 강대한 마기를 뿜어내는 마족과 대등하게 싸우고 있다는 점이었다.

'어서 도와야 해.'

'이 자리에서 저놈을 죽이지 못하면 큰일이다.'

검살존 라그노와 적염제 도르초프가 지진이 난 듯 흔들리는 대지를 딛고 살을 벨 것 같은 마기의 폭풍을 뚫으며 앞으로 나아갔다.

그 순간.

"어딜 가는 거냐!"

전신이 칠흑빛 갑주로 뒤덮인 플레이어의 외침과 함께 거대한 마기의 주인이 꼬리를 말고 도망쳤다.

'놓치면 안 돼!'

'이런!'

검살존 라그노와 적염제 도르초프는 마족이 하늘로 도망치는 모습에 소리 없이 절규했다.

하지만.

검살존 라그노와 적염제 도르초프가 할 수 있는 일은 아무 것도 없었다.

"로크토 제국의 토벌대인가?"

그런 그들의 귀에 전신을 칠흑빛 갑주로 뒤덮은 플레이어의 목소리가 들려왔다.

"저는 로크토 제국의 토벌대를 이끌고 있는 라그노 후작이라고 합니다. 한데 귀공께서는 누구이신지요?"

검살존 라그노는 스스로의 실력에 대한 자부심이 넘쳤다.

그렇기에 자신을 소개할 때 항상 검살존이라는 칭호를 자랑스럽게 밝혔고.

주군인 로크토 제국 로디우스 1세를 제외하고는 그 누구에게도 고개를 숙이지 않았다.

하지만 이번만은 예외였다.

검살존 라그노는 공손히 고개를 숙이며 자신의 신분을 밝혔고.

또 상당히 조심스럽게 상대의 정체를 물었다.

그 이유는 단 하나.

'신급 플레이어가 확실하다.'

상대를 신급 칭호를 가진 플레이어로 판단했기 때문이다.

이는 당연한 일이었다.

검살존인 자신을 짓누르는 거대한 마기의 주인과 대등하게 싸울 수 있는 존재는.

오직 신급 칭호를 가진 플레이어뿐이니까.

"나는 다크 나이트다."

전신을 칠흑빛 갑주로 뒤덮은 플레이어의 대답에 검살존 라그노의 입이 쩍 하고 벌어졌다.

'다크 나이트? 다크 나이트에 이 정도 강자가 있었단 말인가?'

0레벨
플레이어

검살존 라그노는 주군인 로크토 제국의 황제 로디우스 1세에게 다크 나이트에 대한 정보를 어느 정도 전해 들었다.

또 다크 나이트와 협력해 테라 왕국의 도플갱어들을 절멸시키라는 명령을 받기도 했다.

검살존 라그노는 그걸 다크 나이트를 잘 지휘해 도플갱어를 처리하라는 뜻으로 이해했다.

하지만 그건.

'내 착각이었구나.'

다크 나이트에 이 정도 강자가 있다면?

잘 지휘하기는커녕.

'오히려 납작 엎드려 토벌대 전체가 다크 나이트의 지휘를 받아야 하는 형국이지 않은가.'

이제 와서 다시 생각해 보니.

다크 나이트와 협력하라는 로크토 제국의 황제 로디우스 1세의 명령 자체가 일종의 체면치레로 느껴졌다.

차마 황제가 신하에게 다크 나이트에게 가서 납작 엎드리라고 할 수는 없는 노릇 아니겠는가?

'그래서 나와 적염제를 보내셨구나.'

더 아래 등급 플레이어를 보냈다면?

다크 나이트 앞에서 찍소리도 못 할 게 뻔했다.

그나마 존과 제의 칭호를 가진 이들을 총책임자로 보내야.

로크토 제국 토벌대의 위신도 서고.

다크 나이트 앞에서도 어느 정도 자기주장을 할 수 있으리라.

뭐, 하급 마족이라고 무시하던 도플갱어가 엄청나게 강하기도 했고 말이다.

"아, 그러셨군요. 로크토 제국의 황제 폐하께옵서 토벌대에게 다크 나이트와 협력해 도플갱어들을 처단하라 명하셨사옵니다. 혹 이 사실을 알고 있으신지?"

"알고 있다. 그런데 좀 늦었군. 조금만 더 빨랐다면 그놈의 숨통을 끊을 수 있었을 텐데 말이야."

"송구합니다. 하나 앞으로는 두 번 다시 이런 일이 없을 것입니다."

검살존 라그노가 다시 한번 고개를 숙였다.

"알겠다. 그럼 일단 뒷수습을 하고 앞으로의 계획을 세워 보도록 하지."

"예!"

전신을 칠흑빛 갑주로 뒤덮은 다크 나이트의 말에 검살존 라그노가 씩씩하게 대답했다.

한편 검살존 라그노와 함께 토벌대의 수장 역할을 맡고 있는 적염제 도르초프는.

'큰일 날 뻔했어.'

속으로 안도의 한숨을 내쉬고 있었다.

'내가 큰 착각을 했구나.'

적염제 도프초프가 마룡 카라스 레이드 당시 사망한 타 차원 출신 플레이어들 몫의 전리품을 요구하려고 했던 건.

　그들이 큰 활약을 했고 그 때문에 다크 나이트가 마룡 카라스 레이드에 성공했다고 믿었기 때문이다.

　한데 지금 보니.

　'그게 아니었어.'

　직접 마족과 대적해 보니 알 수 있었다.

　'마족은 강하다.'

　하급 마족 출신 도플갱어 마계 귀족이 이 정도인데.

　최상위 마족 출신 마룡 마계 귀족은 얼마나 강했겠는가?

　더군다나 마룡 카라스의 경우 수만에 달하는 용종 몬스터들까지 대동하고 있었다.

　'큰 도움이 되지 않았었던 거야.'

　타 차원 출신 플레이어들이 아예 아무런 활약도 못 하지는 않았겠지만.

　'대세에는 큰 지장이 없었겠지.'

　그 사실을 알고 있었기에.

　'로크토 황실에서도 전리품에 대한 권리를 주장하지 않은 거였어.'

　단순히 정치적인 논리라고 생각했는데.

　그게 아니었던 모양이다.

　"꽤 강해 보이는데 당신은 누구지?"

그때 다크 나이트가 적염제 도르초프에게 말을 걸었다.

"레드베어길드의 길드 마스터 도르초프라고 합니다."

"적염제?"

"그리 불리고 있습니다."

"나중에 한번 찾아가도록 하지."

"예?"

"왜, 싫은가?"

"아닙니다. 좋습니다."

다크 나이트의 물음에 적염제 도르초프가 마른침을 꿀꺽 삼키며 대답했다.

하지만 머릿속은 복잡하기 그지없었다.

'왜 나를 찾아온다는 거지? 좋은 뜻인가, 나쁜 뜻인가?'

"그럼 나중에 보지."

다크 나이트가 혼란에 빠진 적염제 도르초프를 뒤로하고 발해길드와 고려길드 소속 플레이어들에게 다가갔다.

✺

'좋았어.'

투구 속에 가려진 강현수의 입이 쫙 하고 벌어졌다.

타이밍이 환상적이었다.

싸움이 더 길어졌다면?

0레벨
플레이어

방금 전과 같은 위용을 보여 주지 못했을 것이다.

하지만.

'저 두 사람은 그걸 모르지.'

또 검살존 라그노와 적염제 도르초프는 강현수가 탈리만 남작과 대등하게 싸운 이유가 템빨.

특히 그중에서도 마족 한정 사기템인 여신의 눈물의 효과가 컸다는 사실을 알지 못했다.

그렇기에 로크토 제국의 토벌대는.

강현수의 실력을 신급 칭호를 가진 플레이어 수준으로 착각했다.

'아직 멀었는데 말이야.'

하나 지금 강현수의 진짜 실력이 어느 정도인지는 중요치 않았다.

'로크토 제국의 토벌대가 그렇게 착각하고 있다는 게 중요한 거지.'

이 일이 퍼지면?

다크 나이트의 위상이 급격히 높아진다.

또한 로크토 제국의 토벌대는.

'이번 일을 로디우스 1세에게 상세히 보고하겠지.'

그럼 로디우스 1세 역시.

'다크 나이트를 대하는 태도를 바꿀 수밖에 없겠지.'

또한.

다크 나이트가 내뱉는 말의 무게감 역시 달라질 수밖에 없었다.

'추가 소득도 있었고.'

탈리만 남작과 싸우며 강현수가 얻은 성과는 단순히 대외적인 위상을 높인 것만은 아니었다.

[최상위 마족 도플갱어를 쓰러트리는 믿을 수 없는 업적을 이루셨습니다.]

[칭호 마족 포식자 B랭크가 A랭크로 성장합니다.]

[최상위 마족 도플갱어를 쓰러트리는 믿을 수 없는 업적을 이루셨습니다.]

[칭호 마족 살해자 D랭크가 주어집니다.]

탈리만 남작과 함께 온 최상위 도플갱어들을 사냥한 덕에.

'마족 포식자 랭크가 상승했고 마족 살해자를 얻었어.'

칭호 업그레이드와 칭호 획득이 동시에 이루어졌다.

거기다.

[마족을 제거하고 그 마기를 영구히 흡수했습니다.]

[여신의 눈물 EX랭크가 영구히 흡수한 마기를 정화해 특수 스텟 신성으로 전환합니다.]

[신성 스텟이 상승하였습니다.]

여신의 눈물이 가지고 있는 숨겨진 옵션이 발동되었다.

'괜히 대마족 전용 병기로 불린 게 아니지.'

마기를 흡수해 마력으로 전환하는 것?

그것도 엄청난 것이기는 하지만.

영구적인 것도 아니고 전투에 도움을 주는 보조적인 옵션일 뿐이다.

'실제로 뱀피릭 오러 역시 효율은 떨어지지만 여신의 눈물과 비슷한 옵션을 가지고 있기도 하고.'

효율이 떨어지는 것 역시 랭크가 낮아서일 뿐.

뱀피릭 오러가 EX랭크가 되면?

여신의 눈물과 비슷한 효율을 보여 줄 것이다.

거기다 단순히 마기만 흡수해 마력을 회복시켜 주는 여신의 눈물에 비해.

'뱀피릭 오러는 마력과 마기로 이루어진 스킬 자체를 무효화시키지.'

범용성 자체가 비교가 되지 않았다.

그럼에도 불구하고 여신의 눈물이 대마족 전용 병기로 불린 이유는.

'바로 이 숨겨진 옵션 덕분이지.'

일반적으로 플레이어는 몬스터나 마족을 쓰러트리면.

'잔존 마력이나 잔존 마기를 흡수해 경험치를 쌓지.'

하지만 죽은 몬스터나 마족이 가지고 있던 모든 마력과 마기를 100% 흡수하는 건 아니었다.

손실 없는 흡수가 가능했다면?

'사냥 즉시 쓰러트린 몬스터나 마족이 가진 힘만큼 강해졌겠지.'

하나 그건 불가능했다.

'그저 자연스럽게 흩어질 잔존 마력의 일부를 가이아 시스템의 힘으로 경험치로 전환하는 것뿐이지.'

그렇기에 플레이어에게 흡수되는 것보다 소실되는 잔존 마력이나 잔존 마기가 더 많았다.

하지만 여신의 눈물을 소유하고 있을 경우.

'사정이 다르지.'

여신의 눈물 소유자가 마족을 제거하면?

'자연스럽게 흩어지는 잔존 마기 중 일부를 특수 스텟인 신성으로 바꿔 준다.'

경험치를 올리는 데 들어가는 잔존 마기를 흡수하는 게 아니기에.

'마족을 제거했다고 경험치가 오르지 않거나 스킬 랭크가 상승하지 않는 것도 아니지.'

여신의 눈물이 주는 특수 스텟 신성은.

'일종의 보너스지.'

상태창에 특수 스텟이 생겼다.

'특수 스텟은 일반 스텟과 다르지.'

일반적으로 스텟을 올리는 방법은?

레벨 업을 통해 얻은 미분배 스텟을 투자하는 거다.

'또는 업적을 획득해서 올릴 수 있지.'

하지만.

'특수 스텟은 그런 방식으로 올릴 수 없어.'

미분배 스텟을 투자할 수도.

업적을 획득 통해 얻은 모든 스텟 증가에도.

특수 스텟은 포함되지 않는다.

특수 스텟 신성은 오직 마족을 사냥해 마기를 영구히 흡수했을 경우에만 상승한다.

그리고 반대로.

'특수 스텟은 스킬 강화를 사용해 0레벨 플레이어가 되어도 하락하지 않아.'

회귀 전 여신의 눈물 소유자는 황소욱.

그는 강현수가 레플리카로 복사해서 사용 중인 스킬 강화의 원소유주다.

'황소욱은 특수 스텟 신성으로 톡톡히 재미를 봤어.'

특수 스텟 신성은 플레이어의 모든 행동에 보정을 해 준다.

　근접 공격 스킬과 원거리 공격 스킬의 위력이 더 강력해지
고.

　방어 스킬의 방어도와 방어율이 상승하며.

　물리 저항력과 스킬 저항력을 올려 주고.

　정신력 및 체력의 소모를 줄여 준다.

　거기다.

　'치료 및 자체 회복 스킬의 위력과 속도를 증가시켜 주지.'

　사실상 만능 스텟이나 마찬가지였다.

　하지만.

　'그게 끝이 아니지.'

　신성 스텟의 모든 효과는.

　'마족을 대상으로 할 때 더 증폭된다.'

　말 그대로 대마족 전용 병기다운 위용이었다.

　거기다 스킬 강화를 사용해 0레벨 플레이어가 되어도.

　'특수 스텟 신성은 하락하지 않지.'

　스킬 강화와 궁합이 너무 좋았다.

　'한 가지 걱정되는 건.'

　과연 일인여단의 직업 스킬을 사용했을 때에도 하락하지
않는가였다.

　'일반 스텟의 범주에 들어가지 않아서 하락하지 않을 확률
이 높기는 한데.'

0레벨
플레이어

정확한 건 테스트를 해 봐야 알 수 있었다.

'마침 적당한 대상이 있기도 하고.'

바로 방금 전 전사한 최상위 도플갱어들이었다.

'하지만 우선.'

지금 이 자리에 있는 이들을 돌려보낼 필요가 있었다.

"어디 다친 곳은 없지?"

송하나가 강현수에게 다가와 물었고.

"다쳤어도 금방 회복되잖아. 넌 왜 그렇게 걱정이 많냐?"

투황은 송하나에게 툴툴거리면서도.

자기도 재빨리 강현수의 몸을 스캔해 다친 곳이 없는지 살펴봤다.

"다친 곳은 없으니까 걱정하지 마."

"다행이네."

"당연히 그래야지."

강현수가 송하나, 투황과 대화를 마치자.

"오셨습니까."

인의군왕 신창후가 강현수에게 살짝 고개를 숙여 예를 표했고.

"마계 귀족을 압도하시는 실력! 정말 존경스럽습니다! 우리 발해길드는 동맹이자 친구인 다크 나이트가 있어서 정말 든든합니다!"

검왕 장석원은 아부와 함께 다른 이들보고 들으라는 듯 발해길드와 다크 나이트가 동맹이자 친구라는 점을 강조했다.

"길드의 정예들을 데리고 와 주셔서 감사합니다. 큰 도움이 되었습니다."

발해길드와 고려길드의 정예들이 있는 자리였기에 강현수도 적당히 예를 갖춰 휘하 지휘관인 인의군왕 신창후와 검왕 장석원을 대했다.

"마족을 척살하는 일이니 당연히 협력해야지요. 오히려 늦어서 죄송합니다."

"저희가 조금만 빨리 왔어도 저 마족 놈의 퇴로를 막는 건데, 참 아쉽습니다."

인의군왕 신창후와 검왕 장석원은 강현수의 지시에 따라 움직였음에도 아닌 척 너스레를 떨었다.

"일단 로크토 제국의 토벌대와 함께 돌아가는 게 좋을 것 같습니다."

강현수는 적당히 대화를 나누다 철수하라는 지시를 내렸다.

"알겠습니다. 그리하지요."

"그럼 먼저 가 보겠습니다. 자, 철수!"

인의군왕 신창후와 검왕 장석원이 길드원들을 포함해 로크토 제국의 토벌대까지 데리고 사라지자.

'여단 구성.'

강현수가 방금 전 전사한 최상위 도플갱어들을 대상으로

일인여단의 직업 스킬을 사용했다.

사아아악!

칠흑빛 마력이 피어오르며 죽은 도플갱어들이 소환수로 재탄생했다.

하지만 강현수에게 중요한 건 그게 아니었다.

'어떻게 됐으려나?'

강현수가 상태창을 열어 특수 스텟인 신성의 정보를 확인했다.

특수 스텟 : [신성 47]

'역시 그대로네.'

레벨이 하락해도 아무런 영향이 없는 특수 스텟 신성답게.

여단 구성 스킬을 사용했음에도 특수 스텟 신성은 아무런 변화가 없었다.

'이게 맞지.'

특수 스텟 신성은 미분배 스텟으로 올릴 수 없고 업적의 영향도 받지 않는 큰 단점을 가지고 있다.

그럼?

'당연히 직업 스킬에 영향을 받지 않는다는 장점도 공유해야지.'

하나를 얻기 위해서는 하나를 줘야 하는 게 당연한 세상의 이치 아니겠는가?

만약 여단 구성 스킬을 사용하면 신성 스텟이 떨어질 거라면?

미분배 스텟으로 올릴 수 있게 해 주는 게 공평한 거였다.

"우리도 일단 돌아가자."

강현수가 송하나와 투황에게 말했다.

"알았어. 그런데 계획대로 잘될까?"

"그러게, 실패하면 곤란하잖아."

송하나와 투황이 걱정된다는 듯 강현수에게 물었다.

"잘될 거야."

용왕 이지용과 탈리만 남작은 서로 충돌할 수밖에 없었다.

만약 계획이 살짝 어긋나 물리적 충돌이 일어나지 않는다면?

'내가 직접 일으키면 그만이야.'

기존에 용호길드에 투입시켜 놓았던 도플갱어들과 방금 전 새롭게 소환수로 만든 도플갱어들을 동원한다면?

'용호길드와 탈리만 남작을 충돌시키는 건 일도 아니지.'

강현수가 미소를 지으며 도플갱어 1호에게 여단장의 시선을 사용했다.

'이런 빌어먹을.'

0레벨
플레이어

탈리만 남작이 어금니를 악물었다.

적들이 파 놓은 함정에 제대로 빠졌다.

그나마 적들의 호흡이 맞지 않아 다행이지.

그게 아니었다면?

'그 자리에서 죽을 뻔했어.'

다행히 목숨은 건졌다.

하지만 손해가 컸다.

실력 있는 수하들을 잃었고.

신체의 일부를 분리해 만든 분신까지 소멸하며.

'마기의 원천이 2할이나 날아갔어.'

탈리만 남작이 아틀란티스 차원으로 넘어온 이유는 마기를 늘려 승급하기 위함이었다.

한데 오히려.

'마기가 줄어들었어.'

현재 탈리만 남작이 보유한 마기의 총량은?

마계 귀족이라고 불리기도 애매한 수준이었다.

이대로 마계로 복귀하면?

'남작의 작위를 박탈당할 수도 있어.'

절로 이가 갈렸다.

'용호길드 놈들!'

그놈들이 로크토 제국의 토벌대가 온다는 사실을 제대로 알려 줬다면?

이런 일은 없었을 것이다.

'그놈들에게 이번 일에 대한 책임을 물을 것이다.'

하지만.

현실적으로 자기들도 몰랐다고 하면 딱히 할 말이 없었다.

그때.

ㅡ주군.

용호길드를 감시하라고 붙여 놓은 휘하 도플갱어에게서 연락이 왔다.

ㅡ무슨 일이냐?

ㅡ용호길드의 간부들이 주군의 행적에 대한 정보를 로크토 제국의 토벌대에 흘렸습니다.

ㅡ뭐?

ㅡ인간 놈들이 배신을 한 겁니다.

휘하 도플갱어의 보고를 들은 순간.

뚝!

탈리만 남작의 머릿속에서 무언가가 끊어지는 소리가 났다.

ㅡ그게 사실이냐?

ㅡ증거를 확보해 두었습니다.

그 말을 끝으로.

탈리만 남작의 인내심이 바닥났다.

한편 그 시각.

용호길드의 길드 마스터 용왕 이지용 역시 인내심이 바닥으로 처박히고 있었다.

⁂

"도플갱어들이 우리를 감시해?"

용왕 이지용의 눈썹이 일그러졌다.

"예, 그리고 그걸 넘어서 길드의 간부를 살해하고 위장해 있던 놈들을 발견했습니다. 어떻게 할까요?"

간부 박지훈으로 위장한 도플갱어 1호의 보고에.

"당장 데리고 와."

용왕 이지용이 명령을 내렸다.

"알겠습니다."

간부 박지훈으로 위장한 도플갱어 1호가 용호길드의 간부로 위장해 있던 자신의 부하들을 호출했다.

"갑자기 무슨 일이십니까, 길드장님?"

"무슨 사고라도 생긴 겁니까?"

"왜 저까지 부르신 건지?"

도플갱어를 바탕으로 만든 소환수들이 어리둥절한 표정을 지으며 물었다.

하나 대답 대신 돌아온 것은.

"도플갱어인 너희들이 왜 내 부하 행세를 하고 있지?"

용왕 이지용의 추궁이었다.

"그걸 어떻게 알았지?"

"우리는 탈리만 남작의 지시에 따라 움직였을 뿐이다."

"그러니 우리에 대해서는 신경 쓸 것 없다, 인간."

"모른 척해라."

도플갱어를 바탕으로 만든 소환수들이 별일 아니라는 듯 무표정한 얼굴로 대답했다.

그 말을 들은 용왕 이지용의 얼굴이 악귀처럼 일그러졌다.

"설마 너희가 내 부하들을 죽였냐?"

"버러지 같은 인간 몇 죽인 게 뭐 그리 대수라고."

"우리 마족의 양분이 되었으니 하찮은 인간들에게는 오히려 큰 영광이 아니겠느냐?"

"너도 죽어 우리의 양분이 되고 싶지 않다면 납작 엎드려야 할 거다."

도플갱어를 바탕으로 만든 소환수들의 조롱에.

콰콰콰콰콰!

용왕 이지용의 몸에서 찐득한 살기와 함께 폭발적인 마력이 뿜어져 나왔다.

"네 이놈! 미친 것이냐!"

"감히 인간 주제에 누구에게 살기를 뿜어내는 것이냐!"

"마족의 노예면 노예답게 굴어야지!"

도플갱어를 바탕으로 만든 소환수들의 노성과 함께.

0레벨
플레이어

그간 꾹꾹 눌러 참고 있던 용왕 이지용의 분노가 폭발했다.

화악!

밝은 빛무리와 함께 최상위 용종 몬스터인 드라칸과 드래고니안이 소환되었고.

"죽여!"

용왕 이지용의 명령이 떨어지기 무섭게.

-크아아아앙!

최상위 용종 몬스터들이 도플갱어를 바탕으로 만든 소환수들에게 달려들었다.

"커억!"

"감히 인간 따위가!"

너무나 당연하게도 전투는 최상위 용종 몬스터들의 일방적인 우세로 진행되었다.

애초에 도플갱어들은 특별한 일부를 제외하면 최상위 용종 몬스터의 상대가 되지 못한다.

거기다 소환수이기에 원판이 되는 도플갱어들보다 전투력이 떨어졌다.

하지만 곱게 죽지는 않았다.

꽈아아아아앙!

도플갱어를 바탕으로 만든 소환수들이 자폭을 한 것이다.

사실 도플갱어를 바탕으로 만든 소환수들이 곱게 죽지 않고 자폭을 한 이유는.

용왕 이지용에게 자신들의 정체를 들키지 않기 위함이었다.

소환수는 부상을 당해도 피를 흘리지 않고.

죽이더라도 잔존 마력을 흡수할 수 없었으니까 말이다.

하나 용왕 이지용 입장에서는.

"이 악랄한 놈들!"

자신에게 조금이라도 더 피해를 입히기 위해 자폭을 한 것으로밖에 보이지 않았다.

도플갱어를 바탕으로 만든 소환수들이 순식간에 전멸했다.

"길드장님, 어쩌자고 이런 일을 벌이셨습니까? 탈리만 남작이 절대 가만히 있지 않을 겁니다."

간부 박지훈으로 위장한 도플갱어 1호가 천연덕스럽게 걱정스러운 어조로 말했다.

"그럼 내가 이런 무시를 당하고도 가만히 참고 있었어야 한다는 말이냐? 내가 마족과 손을 잡은 건 힘을 얻기 위해서지 마족의 노예가 되기 위해서가 아니야! 당장 우리를 감시하는 도플갱어들까지 쓸어버려!"

"탈리만 남작이 화를 내면 어쩌시려고."

"화를 내야 할 사람은 오히려 나야! 감히 내 부하들을 죽이고 위장을 해! 그게 동맹에게 할 짓이냐!"

간부 박지훈으로 위장한 도플갱어 1호가 용왕 이지용의 자존심을 살살 긁었고.

이에 넘어간 용왕 이지용이 길길이 날뛰며 도플갱어들을 척살할 것을 명령했다.

"알겠습니다."

간부 박지훈으로 위장한 도플갱어 1호가 침통한 표정으로 조용히 물러나 용왕 이지용이 머물고 있는 길드 마스터 집무실을 나섰다.

그와 동시에.

씨익!

원거리에서 간부 박지훈으로 위장한 도플갱어 1호를 조종하고 있던 강현수의 입가에 환한 미소가 피어올랐다.

'쉽게 끝났네.'

자존심이 강하고 인내심이 약한 녀석이라 그런지 긁으면 긁는 대로 쉽게 넘어왔다.

그러나 강현수는 여기서 만족할 생각이 없었다.

-이지용의 명령을 빌려 도플갱어들이 숨어 있는 은신처를 공격해라.

용왕 이지용이 내린 명령은 용호길드를 감시하는 도플갱어들을 쓸어버리라는 것이었지만.

그 정도는 간부 박지훈으로 위장한 도플갱어 1호의 농간으로 충분히 커버할 수 있었다.

-예, 주군.

간부 박지훈으로 위장한 도플갱어 1호의 대답을 끝으로 강현수가 여단장의 시선을 해제한 후 몸을 일으켰다.

'이런 꿀잼 공연은 스킬을 통해 볼 게 아니라 직관을 해야지.'

또 직관을 해야.

둘 중 살아남은 놈이 허튼짓을 하지 못하게 말끔하게 마무리할 수 있었다.

'소환수가 잔뜩 늘어나겠네.'

용왕 이지용과 호왕 이근택을 비롯한 용호길드의 네임드 플레이어와 랭커 플레이어.

거기다 마계 귀족 탈리만 남작과 마족인 도플갱어들까지.

이건 강현수의 입장에서?

'배가 터지겠네.'

소환수를 만들 스텟이 부족하지 않을까 하는 걱정이 들 정도로 화려한.

최고의 만찬이었다.

이이제이

꽈아아앙!

"뭐야?"

"습격이다!"

은을 통해 도플갱어들의 정체를 밝히는 방법이 알려진 후.

얌전히 은신처에 처박혀 몸을 숨기고 있던 도플갱어들은 뜬금없이 날벼락을 맞았다.

인간들의 습격을 받은 것이다.

"인간들을 쓸어버리고 은신처를 옮기자!"

"굳이 인간들과 충돌하는 것보다는 용호길드가 알려 준 비상 탈출구로 도망치는 게 나아!"

"일단 탈리만 남작님께 이 상황을 보고하고 지시를 받자!"

예상치 못한 공격을 받은 도플갱어들이 우왕좌왕했다.

그러던 중.

"저놈들 용호길드 소속이잖아?"

"그놈들이 왜 우리를 공격해?"

"진짜야! 보라고!"

도플갱어들은 자신들을 공격하는 장본인이.

은신처를 제공해 준 자신들의 협력자 용호길드라는 사실을 알아차렸다.

"인간 놈들이 배신을?"

"도대체 왜?"

도플갱어들은 혼란에 빠진 상황에서 일단 살기 위해 용호길드와 맞서는 선택을 했다.

은신처 자체를 용호길드가 제공했고.

비상 탈출구도 모두 막혀 있었기에 선택의 여지가 없었다.

한편.

인간들의 습격을 받았다는 소식은 당연히 도플갱어들의 수장인 탈리만 남작의 귀에도 들어갔다.

'이놈들이 정말!'

탈리만 남작의 얼굴이 악귀처럼 일그러졌다.

'내가 토벌대 손에 죽기를 바랐던 거냐.'

탈리만 남작으로서는 그렇게 생각할 수밖에 없었다.

아귀가 딱딱 맞아떨어졌다.

용호길드는 이미 다크 나이트의 습격을 받은 전적이 있었다.

마왕의 하수인이라는 증거는 없지만.

의심은 받고 있다는 이야기다.

만약 다크 나이트가 용호길드와 도플갱어 군단의 공생 관계를 파고든다면?

용호길드는 상당히 곤란한 입장에 빠지게 된다.

거기다 도플갱어 군단은 지금까지 큰 활약을 하지 못했고.

오히려 용호길드의 도움만 받고 있는 상황.

'우리를 희생양 삼아 위기를 극복하시겠다.'

자신의 위치를 토벌대에게 제보한 당사자가 바로 용호길드다.

'내가 토벌대와 다크 나이트에게 죽었다면?'

용호길드는 마족 토벌의 1등 공신이 된다.

그것도 모자라 용호길드가 도플갱어 군단을 단독으로 공격해 토벌하면?

'놈들은 의심을 완전히 벗고 영웅이 된다.'

탈리만 남작의 입장에서는.

용호길드가 자신들의 입지와 이득을 위해 탈리만 남작과 도플갱어 군단을 버렸다고 생각할 수밖에 없었다.

'모조리 씹어 먹어 주마.'

탈리만 남작의 두 눈에 혈광이 번뜩였다.

✦

"도플갱어들의 본대와 충돌했다고?"

"감시하는 놈들을 추격하는 과정에서 어쩔 수 없었습니다."

간부 박지훈으로 위장한 도플갱어 1호의 보고에 용왕 이지용이 얼굴을 찌푸렸다.

용호길드 내부에 잠입한 도플갱어와 감시하는 도플갱어만 제거하려 했는데 일이 커졌다.

"그리고 급보가 하나 들어왔습니다."

"뭐지?"

"탈리만 남작이 다크 나이트와 로크토 제국의 토벌대에 패해 큰 부상을 입고 도주했다고 합니다."

"하, 자신만만하게 나서더니만."

용왕 이지용은 어처구니가 없었다.

위장 능력을 잃은 도플갱어 군단을 그나마 보호해 주던 이유가 뭔가?

바로 탈리만 남작의 무력 때문이었다.

한데 다크 나이트와 토벌대를 쓸어버려도 모자랄 판에 오히려 당해 버리다니?

"그리고 다크 나이트의 수장에게 척마혈신이라는 칭호가 생겼습니다."

"신?"

용왕 이지용의 표정이 굳어졌다.

"도대체 어떻게?"

칭호라는 건 절대 자기 마음대로 만들 수 있는 게 아니다.

오직.

'만인의 인정을 받아야만 가능해.'

특히 어정쩡한 칭호가 아니라 왕, 황, 신 같은 최상위 칭호의 경우.

섣불리 붙였다가는 오히려 당사자에게 득이 아니라 실이 되어 버린다.

왕실과 황실에서 문제를 삼을 수도 있고.

대중에게 조롱의 대상으로 전락해 버릴 수도 있었기 때문이다.

"마룡 카라스 남작을 쓰러트린 것도 있고 도플갱어의 수장인 탈리만 남작을 이긴 것도 있고 해서."

"그걸 로크토 제국의 토벌대가 납득했다는 말이야?"

"척마혈신이라는 칭호가 처음 퍼져 나온 곳이 바로 로크토 제국의 토벌대입니다. 토벌대의 수장인 검살존과 적염제가 척마혈신에게 깍듯이 고개를 숙이고 윗사람 대접을 했다고 합니다."

"존의 칭호와 제의 칭호를 가진 이들이 먼저 꼬리를 내렸단 말이지?"

"예, 좀 더 정확히 말하면 검살존과 적염제가 척마혈신 앞에서 눈치를 보며 설설 기었다고 합니다."

그 말을 들은 용왕 이지용의 얼굴이 와락 일그러졌다.

새롭게 신의 칭호를 받은 강자.

그럼 탈리만 남작이 패배한 것도 이해가 갔다.

하지만 문제는 따로 있었다.

바로 용호길드와 다크 나이트의 관계였다.

'우리 용호길드를 습격했던 놈들이 정말 다크 나이트라면?'

마왕의 하수인이라는 심증은 가지만 증거는 확보하지 못해 비밀리에 기습을 한 걸 수도 있다.

'증거가 나오면 용호길드는 끝장이야.'

당연히 길드 마스터인 자신의 목숨도 위험했다.

설사 증거가 없더라도?

'심증만으로도 위험해.'

그 전까지도 다크 나이트의 위용이 드높기는 했지만.

그래 봐야 정체불명의 야인 집단이었다.

하지만 이제는 다르다.

무려 신의 칭호를 가진 이가 다크 나이트의 수장이다.

물론 아직까지는 테라 왕국 중 극히 일부 지역에만 퍼진 만큼.

'아직 완전히 자리 잡은 건 아니지.'

칭호는 영원하지 않다.

실력이 떨어져 박탈당하는 경우도 있고.

강제로 빼앗기는 경우도 있다.

또 만인의 입을 통해 자연스럽게 칭호의 격이 떨어지는 경우도 있다.

하지만.

'로크토 제국의 검살존과 적염제가 고개를 숙였어.'

그럼 공신력이 올라간다.

'최소한 로크토 제국과 그 제후국에서는 척마혈신이라는 칭호를 인정할 수밖에 없다.'

다크 나이트의 수장이 얻은 척마혈신이라는 칭호를 무시하거나 깎아내리는 게.

그에게 고개를 숙인 검살존과 적염제의 명예를 똥통에 처박는 꼴이 되기 때문이다.

현재 아틀란티스 차원에서 신의 칭호를 가진 이들의 수는 고작 열 명.

그들이 가진 사회적 위치와 권력은 실로 어마어마하다.

로크토 제국의 황제조차도 신의 칭호를 가진 이들에게 이래라저래라 명령하지 못했다.

그저 부탁을 할 뿐.

"기왕 이렇게 된 거, 우리 용호길드가 탈리만 남작과 도플갱어들을 처단하는 건 어떻겠습니까?"

"뭐?"

간부 박지훈으로 위장한 도플갱어 1호의 말에 용왕 이지용이 어이없다는 듯한 표정을 지었다.

"그걸 그분께서 납득하실 거라고 생각하나?"

용왕 이지용과 계약한 마족은 탈리만 남작을 비롯한 도플갱어들과 힘을 합치라는 지시를 내렸다.

한데 힘을 합치기는커녕 오히려 공격을 하라니?

"우리 용호길드가 제대로 자리를 잡기 위한 방편이라고 설명하면 이해해 주실 겁니다. 거기다 도플갱어 군단은 이미 패퇴한 거나 마찬가지입니다. 한번 놓쳤다고 다크 나이트와 로크토 제국의 토벌대가 탈리만 남작을 포기하겠습니까?"

"그건 그렇지만."

"거기다 우리 용호길드는 탈리만 남작 휘하에 있는 도플갱어들을 공격했습니다."

"그건 놈들이 먼저 우리 용호길드 소속 플레이어를 죽이고 위장해서 그런 거잖아. 전투가 커진 것도 그놈들이 도망쳐서고."

"합리적으로 따지면 우리는 죄가 없습니다. 또 우발적인 사고이기도 하고요. 하지만 오만한 탈리만 남작이 그걸 이해해 줄까요?"

용왕 이지용이 얼굴을 고개를 푹 숙였다.

"그럴 리가 없겠지."

"애초에 패배한 탈리만 남작은 자신의 실책을 축소하기 위해 우리 탓을 할 생각이었을 겁니다. 다크 나이트의 실력과 로크토 제국 토벌대의 존재 대한 정보를 자세히 알려 주지 않아서 패배한 거라고요."

"그러고도 남을 놈이기는 하지."

한데 그런 상황에서 용호길드가 도플갱어들을 죽이기까지 했다.

그럼?

자신이 패배한 책임을 용호길드에 묻기 더 용이해진다.

"어차피 물은 엎질러졌습니다. 지금 와서 우리가 물러나서 사과한다고 탈리만 남작이 가만히 있을까요?"

그럴 리가 없었다.

오히려.

"길길이 날뛰겠지. 어쩌면 나를 죽이려 할 수도 있겠군."

그리고 용왕 이지용의 모습을 빌려 용호길드를 장악하려 할 수도 있었다.

"싸워야 합니다."

"좋다. 하지만 그 전에 그분께 보고를 올려……."

"안 됩니다!"

"뭐?"

"그분이 안 된다고 하면 어쩌실 생각이십니까?"

"그건……."

"어차피 그분도 마족이고 탈리만 남작도 마족입니다. 마족이 우리 인간을 어떻게 생각하는지 아시지 않습니까?"

비천하고 하등한 종족.

그게 마족이 인간을 바라보는 시선이다.

"그분에게 우리 인간 계약자들은 언제든지 대체가 가능한 노예일 뿐입니다. 과연 그분이 노예들의 안위를 위해 동족의 희생을 용인해 주실까요?"

그럴 수도 있다.

마족은 개인주의 성향이 강하니까.

특히 용왕 이지용의 계약자인 마룡족의 경우.

하위 마족인 도플갱어들을 휘하에 있는 용종 몬스터들보다도 하찮은 존재라고 생각하는 경향이 강했다.

하지만.

'그건 이지용이 알 수 없는 정보지.'

강현수는 간부 박지훈으로 위장한 도플갱어 1호의 눈과 귀를 이용해 상황을 전부 확인하고 있었다.

또 필요할 때에는 적당히 개입해 코치도 했다.

바로 지금처럼 말이다.

-절대 그럴 리가 없다고 일단은 저질러야 한다고 해.

"절대 그럴 리가 없습니다. 일단 저질러야 합니다."

"으흠, 혹시 그분이 우리를 버리시지는 않을까?"

이지용은 별다른 재능이 없었고.

계속해서 노력할 의지도 없었으며.

좋은 직업도 얻지 못했다.

그런 그가 용왕이라는 칭호를 손에 넣고 거대 길드의 길드 마스터가 될 수 있었던 건 전적으로 마족과의 계약 덕분이다.

마족에게 버림받는다면?

용왕 이지용은 자신의 모든 것을 잃게 된다.

"그럴 리가 없습니다. 카발길드는 박살 났고 마룡 카라스 남작은 죽었습니다. 또 탈리만 남작 역시 패퇴했지요. 이런 상황에서 마족들이 우리를 버릴 수 있을까요?"

"그렇기는 하지. 우리 말고는 대안이 없으니."

용왕 이지용이 고개를 주억거렸다.

그러나 이는 거짓말이었다.

'사실 얼마든지 버릴 수 있어.'

아틀란티스 차원에 존재하는 마왕의 하수인이 얼마나 많은데 고작 하나 가지고 절절매겠는가?

'사라지면 다시 계약하면 그만이고.'

다른 마왕의 하수인을 이용해 플레이어에게 접근해 계약을 제의하면?

얼마든지 추가로 마왕의 하수인을 늘릴 수 있다.

단지.

'마족도 가이아 시스템의 방호를 뚫고 플레이어와 계약을 하는 건 적잖은 손해를 감수해야 하는 일이지.'

즉, 마왕의 하수인들을 잡아 죽이면 죽일수록.

'영구적으로 마족들의 힘을 줄일 수 있어.'

그러나 그것 역시.

용왕 이지용이 알 수 없는 정보였다.

"그런데 우리가 이길 수 있을까?"

'이 우유부단한 놈.'

마족과 계약한 놈답게 욕심은 많으면서 리스크를 지는 건 두려워했다.

세상에는 공짜가 없다.

플레이어가 강해지기 위해서는 목숨을 걸고 몬스터를 사냥해야 하고.

일반인이 돈을 벌기 위해서는 사업주가 되거나 노동자가 되어야 한다.

불로소득?

그 불로소득을 만들기 위해서도 최소한의 노력과 투자는 필요하다.

주식을 하든 코인을 하든.

자신의 돈과 시간이 휴지 조각이 될 리스크를 져야 한다.

하다못해 복권에 당첨되기 위해서도 복권을 구매하기 위해 돈과 시간을 투자해야 한다.

아무런 노력도 하지 않고.

리스크도 지지 않는데.

엄청나게 큰 보상을 받을 수 있다?

그런 건 존재하지 않았다.

그런 게 가능하다고 주장하는 건.

'사기꾼들뿐이지.'

어떻게 보면 용왕 이지용 역시 마족이라는 사기꾼에게 낚인 호구에 불과했다.

"아무리 큰 부상을 입었다고 해도 탈리만 남작은 마계 귀족이야. 만만치 않은 상대라고."

용왕 이지용이 결단을 내리지 못하자.

'그럼 원하는 대답을 해 줘야지.'

강현수가 간부 박지훈으로 위장한 도플갱어 1호에게 의지를 전달했고.

그 의지에 따라 간부 박지훈으로 위장한 도플갱어 1호가 입을 열었다.

"어차피 진퇴양난입니다. 거기다 탈리만 남작이 도착해 도플갱어들과 합류하면, 오히려 우리가 불리해집니다. 일단 탈리만 남작이 오기 전에 도플갱어들을 전멸시키시죠. 그리고 허락하시는 즉시 제가 통신기를 가진 정보원을 통해 도플갱어들의 은신처를 발견해 공격 중이라는 사실을 다크 나이트와 로크토 제국의 토벌대에게 알리고 지원을 요청하겠습니다. 그럼 우리는 그냥 버티기만 하면 됩니다. 뒷일은 다크 나이트와 로크토 제국의 토벌대가 해결해 줄 겁니다."

"탈리만 남작이 다크 나이트와 로크토 제국의 토벌대에게 허튼소리를 하면?"

"마족의 말을 누가 믿겠습니까? 더군다나 우리는 도플갱어들의 은신처를 발견하고 공격한 장본인입니다. 설사 조사를 하더라도 우리가 마왕의 하수인이라는 증거는 찾을 수 없지 않습니까?"

버티기만 하면 된다.

뒷일은 다크 나이트와 로크토 제국의 토벌대가 책임져 줄 거다.

마족의 말은 신용이 없다.

이 달콤한 꼬임에.

"좋아, 그렇게 하지. 어차피 선택의 여지가 없으니까."

용왕 이지용이 넘어갔다.

역시.

'마족에게 넘어간 호구다운 선택이야.'

강현수의 입가에 만족스러운 미소가 피어올랐다.

이제 용호길드와 탈리만 남작이 정면으로 충돌할 것이다.

하지만.

용왕 이지용이 기다리는 다크 나이트와 로크토 제국 토벌대의 지원은.

'예상보다 많이 늦을 거야.'

그것도 아주아주 많이 말이다.

아, 물론 빨라질 수도 있다.

용호길드가 강현수의 예상보다 빨리 전멸한다면 말이다.

"도플갱어들을 한 마리도 빠짐없이 죽여!"

"배신자들을 쓸어버려라!"

용호길드 소속 플레이어들과 도플갱어들이 치열한 혈전을
벌였다.

'생각보다 잘 싸우네.'

공간 이동 게이트를 통해 탈리만 남작보다 먼저 도플갱어
들의 은신처에 도착한 강현수가.

나무 위에 편하게 걸터앉아 느긋한 마음으로 용호길드 소
속 플레이어들과 도플갱어들의 전투를 구경했다.

강현수는 간부 박지훈으로 위장한 도플갱어 1호에게 마왕
의 하수인들을 모아 도플갱어들의 은신처를 습격하게 지시
했다.

그런 상황에서 용왕 이지용과 호왕 이근택이 지원군을 이
끌고 합류했다.

그리고 지원군은 강현수의 예상대로.

'마왕의 하수인들만 동원했네.'

도플갱어는 상대의 모습을 훔치는 능력을 지녔다.

강현수가 파훼법을 알려 주기는 했지만.

'아군의 숫자가 너무 많으면 일일이 사용하는 것도 일이
지.'

거기다 도플갱어들이 용호길드 수뇌부의 비밀을 폭로할
가능성도 있었다.

그래서 용호길드는 이번 전투에 마족과 계약한 인류의 배
신자들만 동원했다.

'좋네.'

마왕의 하수인과 하급 마족들의 혈전.

강현수 입장에서는 둘 중 누가 이기든 상관없었다.

화악!

"죽여라!"

용왕 이지용이 용종 몬스터를 소환해 도플갱어들을 공격
했고.

호왕 이근택 역시 무시무시한 기세로 도플갱어들을 학살
했다.

'저 둘과 계약한 마족이 이 꼴을 보면 피를 토하겠네.'

인류를 짓밟기 위해 계약자에게 강한 힘을 내려 줬더니.

그 힘으로 마족의 선발대를 때려잡고 있다.

이 얼마나 황당한 일인가?

하지만.

'네놈들이 그걸 알 수는 없을 거다.'

마족의 계약자라고 해도 합당한 산 제물 없이는 가이아 시스템을 뚫고 마족과 대화할 수 없다.

더군다나 간부 박지훈으로 위장한 도플갱어 1호를 통해 약을 팔아 놓은 상태.

도플갱어들 역시 마족이기는 하나.

'아틀란티스 차원으로 넘어온 순간부터 가이아 시스템의 제약을 받지.'

당연히 차원 게이트를 열고 도망치거나 할 수가 없었다.

또 마계에 있는 상관이나 동료들과 대화하기 위해서도 합당한 대가를 치러야 했다.

'뭐, 가능은 하겠지.'

탈리만 남작이라면?

수하 도플갱어들을 희생시키더라도 이 사실을 마계에 전할 것이다.

하지만 그게.

'오히려 악수가 되겠지.'

용왕 이지용과 계약한 고위 마계 귀족과 도플갱어들이 모시는 고위 마계 귀족은.

'동일인이 아니야.'

그럼 마계의 습성상?

'경쟁자이거나 적대적인 관계일 확률이 높겠지.'

아니라도 상관없다.

'동맹 관계라도 신뢰에 금이 갈 테니까.'

이 일을 계기로 마계 내부에서 내전이 일어나면 베스트겠지만.

'서로가 서로를 믿지 못하는 것만으로 충분해.'

그럼 앞으로 아틀란티스 차원으로 넘어올 마족들이 서로를 경계할 것이고.

'마족과 계약한 인류의 배신자들도 쉽게 믿기 힘들겠지.'

강현수는 그 정도 성과만으로도 충분히 만족했다.

'첫술에 배부를 수는 없으니까.'

서로를 경계하고 믿지 못하는 마족들과 마족의 계약자들 사이를 이간질하는 일은.

'식은 죽 먹기나 마찬가지지.'

특히 이번 일로 잠입과 위장에 특화된 도플갱어 소환수를 대거 획득할 예정이었기에.

용호길드와 도플갱어들 사이를 이간질하는 것보다 더 쉬우면 쉬웠지.

'어려울 리가 없어.'

전투는 치열했다.

하지만 이미 승기가 용호길드 쪽으로 기울어져 있었다.

머릿수는 오히려 도플갱어들이 많았지만.

'괜히 왕의 칭호를 얻은 게 아니지.'

최상위 용족을 무한대로 소환하는 용왕 이지용.

반인반수로 변해 날뛰는 호왕 이근택.

이 두 사람의 전투력은.

'도플갱어들 입장에서 넘사벽 수준이지.'

최상위 도플갱어들이 있었다면 사정이 달라졌겠지만.

'이미 다 죽었지.'

그리고 강현수의 손에서 소환수로 부활해.

오히려 전장에서 동족이었던 도플갱어들을 공격하고 있었다.

강현수는 도플갱어 1호를 포함해 최상위 도플갱어를 바탕으로 만든 소환수들을 용호길드원으로 위장시켜 전장에 투입시켰다.

이유는 단 하나.

콰직!

[마족을 제거하고 그 마기를 영구히 흡수했습니다.]

[여신의 눈물 EX랭크가 영구히 흡수한 마기를 정화해 특수 스텟 신성으로 전환합니다.]

[신성 스텟이 상승하였습니다.]

신성 스텟을 쌓기 위함이었다.

'역시 대규모 전투답네.'

용호길드 소속 플레이어로 위장한 강현수의 소환수들은

전투에 적극적으로 나서지 않았다.

그저.

서걱.

은근슬쩍 전투에 끼어들어 도플갱어들에게 작은 부상을 입히거나.

푸욱!

기회가 나면 막타를 쳤다.

'시스템은 전투에 작은 기여만 해도 파티 사냥으로 인정해 주지.'

그 후 사냥감이 죽으면?

파티원이 힘을 합쳐 마족을 사냥한 것으로 카운트된다.

그 말인즉.

'소환수가 작은 상처만 입혀 놔도 결국 죽으면 내가 마족을 제거한 걸로 인정된다는 뜻이지.'

물론 기여도가 그리 높지 않기 때문에 들어오는 경험치는 쥐꼬리 수준이지만.

'여신의 눈물을 통해 자연스럽게 흩어질 잔존 마기를 영구적으로 흡수하는 건 나만 가능하지.'

잔존 마력이나 잔존 마기는 원래대로라면 일부만 플레이어에게 흡수되고 나머지는 자연스럽게 흩어진다.

하지만 여신의 눈물은 자연스럽게 흩어지는 잔존 마기를 영구적으로 흡수해 신성 스텟을 늘려 줄 수 있다.

쉽게 말해.

소환수들이 최대한 부지런히 움직일수록.

'신성 스텟이 팍팍 쌓인다는 거지.'

용호길드 소속 플레이어들 역시 소환수들의 행동을 크게 신경 쓰지 않았다.

같은 편이기도 했고.

'애초에 이건 사냥이 아니라 전쟁이지.'

경험치 획득이 목적인 사냥이 아니라 적을 죽이는 게 목적인 전쟁이다 보니 스틸을 당했다고 일일이 따질 여유가 없었다.

거기다 기여도에 따라 잔존 마력을 흡수하니 실질적인 피해도 거의 없었다.

'좋네.'

단순히 신성 스텟이 늘어나는 것만 좋은 게 아니었다.

[마족 도플갱어를 쓰러트리는 믿을 수 없는 업적을 이루셨습니다.]
[칭호 마족 살해자 D랭크가 C랭크로 성장합니다.]

업적까지 자동으로 업그레이드가 되었다.

거기다.

[마족 도플갱어를 쓰러트리는 믿을 수 없는 업적을 이루셨습니다.]

[칭호 마족 살해자 C랭크가 B랭크로 성장합니다.]

[마족 도플갱어를 쓰러트리는 믿을 수 없는 업적을 이루셨습니다.]
[칭호 마족 학살자 F랭크가 주어집니다.]

'엄청 잘 오르네.'

업적이 업그레이드되거나 새롭게 생기는 속도가 상상을
초월할 정도로 빨랐다.

역시 가이아 시스템은.

'업적 인정 범위가 넉넉하다니까.'

사실 어느 정도 예상하기는 했다.

하지만.

'이 정도일 줄은 몰랐는데.'

과거 강현수가 알린 정보로 인해 대대적인 인간 사냥꾼과
노예 상인 소탕 붐이 일어났을 때.

가이아 시스템은 그걸 강현수의 공으로 인정을 해 줬다.

그러나.

'그때도 이렇게 빠르게 업적이 업그레이드되거나 늘어나
지는 않았어.'

왜냐하면 암왕 세실리아와 멸마창왕 진구평과 같이 강현
수의 지시를 받은 수하들과.

업적을 얻기 위해 인간 사냥꾼과 노예 상인 소탕에 뛰어든

플레이어들 역시.

'업적을 받았기 때문이지.'

한데 지금은.

'나 혼자 도플갱어들을 쓸어버린 업적을 독차지하는 수준이야.'

그게 아니라면?

이렇게 빠르게 업적이 업그레이드될 리가 없었다.

'설마?'

그때 강현수의 머릿속에 한 가지 가정이 스치고 지나갔다.

'마족과 계약한 녀석들은 마족 소탕으로 업적을 얻을 수 없나?'

생각해 보니 그럴듯했다.

마왕의 하수인이 마족을 때려잡는 공을 세웠다고 업적이라는 상을 준다면?

그보다 더한 아이러니가 어디 있겠는가?

'마왕의 하수인들은 플레이어임과 동시에 인류의 적이야.'

가이아 시스템이 바보가 아닌 이상.

'적들끼리 싸워서 자멸했다고 상을 줄 리가 없지.'

하지만 그와 동시에 한 가지 의문이 들었다.

'그런데 왜 마왕의 하수인들을 제거했을 때는 업적을 주지 않는 거지? 아니, 그걸 넘어서 마왕의 하수인들에게서 플레이어의 능력을 빼앗아 갈 수는 없나?'

그렇게 하면?

마족의 꼬임에 넘어가는 플레이어를 대거 줄일 수 있다.

현존하는 마왕의 하수인들 역시.

'가이아 시스템이 개입해 퀘스트를 주는 방식으로 다른 플레이어들에게 알려 줄 수는 없는 건가?'

강현수의 머릿속이 복잡해졌다.

'가이아 시스템에는 오류가 없어.'

강현수는 자신을 강제로 지구에서 아틀란티스 차원으로 끌고 와 플레이어로 만든 가이아 시스템을 증오했다.

하지만 그와 별개로.

플레이어로서 30년 넘게 가이아 시스템을 이용하며 그 완성도 자체는 깊게 신뢰했다.

'뭐, 종종 이해가 안 되는 일이 있기도 했지.'

귀환 퀘스트 보상의 수락과 거부 여부를 너무 늦게 알려 준 것.

융통성 없는 튜토리얼로 재능 있는 플레이어들이 무더기로 죽어 나가게 만든 것.

이건 마치.

'미리 만들어 둔 프로그램이 자동으로 실행되고 있는 느낌이야.'

운영자가 있었다면?

밸런스 패치도 하고 난이도 조정도 하고 돌발적으로 발생한 마왕의 하수인이라는 버그도 잡겠지만.

그저 잘 짜인 프로그램이 업그레이드 없이 자동 실행되는 것뿐이라면?

'그런 건 기대하기 어렵지.'

뭐, 애초에 이름 자체가.

'가이아 시스템이기도 하고.'

괜히 헛웃음이 나왔다.

'역시 제작자나 운영자 따위는 없는 건가?'

가이아 시스템을 만든 후 소멸했을 수도 있고.

그게 아니라면?

'제작은 했지만 운영에는 개입이 불가능한 걸 수도 있어.'

뭐가 되었든.

가이아 시스템이 능동적으로 움직여 마왕의 하수인들에게 플레이어의 능력을 빼앗거나.

퀘스트를 통해 마왕의 하수인의 정체를 밝히는 건.

'못 하나 보네.'

그럼 어쩔 수 없이.

'내가 때려잡아야지.'

업그레이드도 없고 패치도 없는 가이아 시스템이 뭔가 해 주기를 바라는 것보다는.

강현수가 직접 움직여 마왕의 하수인과 마족 들을 때려잡아야 했다.

'뭐, 그래도 보상은 착실하게 들어오니까.'

신성 스텟이 어느새 100을 넘어섰고.

업적도 꽤 많이 얻었다.

'이제 슬슬 끝이 보이네.'

도플갱어들은 거의 전멸 직전이었고.

용호길드의 역시 데리고 온 전력의 1/3가량을 잃었다.

아무리 용왕 이지용과 호왕 이근택의 활약이 컸다고는 하지만.

'하급이라도 마족은 마족.'

도플갱어들의 발악에 용호길드 역시 적잖은 피해를 입었다.

하지만 이건 끝이 아닌 시작에 불과했다.

강대한 마기가 빠르게 가까워지는 것이 느껴졌다.

'이제 슬슬 2라운드가 시작되겠네.'

탈리만 남작이 도착할 시간이 되었다.

"으아아아아아!"

분노한 탈리만 남작의 외침이 멀리서부터 들려왔다.

"네놈들이 감히 배신을 해!"

탈리만 남작이 악귀 같은 얼굴로 용왕 이지용을 노려보며 외쳤다.

"배신이라니 무슨 헛소리를 하는 거냐, 마족!"

하나 그에 대한 용왕 이지용의 대답이.

"우리를 이간질시킬 생각이라면 통하지 않는다!"

탈리만 남작의 복장을 뒤집어 놓았다.

"용호길드의 용사들이여! 아틀란티스 차원 수호를 위해 마족을 토벌하자!"

"와아아아아아!"

"총공격!"

용왕 이지용의 공격 명령이 떨어지기 무섭게.

ㅡ크르르르! 용왕님의 명을 따라라!

ㅡ공격! 용왕님의 적을 죽여라!

용종 몬스터들이 탈리만 남작에게 달려들었고.

"마족을 토벌하고 아틀란티스 차원을 지키자!"

"인류를 위해 싸우자!"

용호길드 소속 플레이어들이 마족 타도와 아틀란티스와 인류 수호를 외치며 달려들었다.

"커억!"

그 모습을 목격한 탈리만 남작이 자기도 모르게 목 뒤를 잡았다.

용호길드가 마족의 계약자라는 사실을 알고 있는 탈리만 남작의 입장에서는.

피가 거꾸로 솟을 정도로 어처구니가 없는 발언이었다.

그와 동시에.

"이 배신자 놈들이!"

도저히 참을 수 없는 분노가.

"모조리 죽여 주마!"

가슴 깊은 곳에서 솟구쳐 올랐다.

'뭐지?'

강현수가 탈리만 남작을 바라보며 고개를 갸웃거렸다.

'아까 전보다 약해진 거 같은데.'

직접 싸워 본 만큼 강현수는 탈리만 남작이 얼마나 강한 마족인지 그 누구보다도 잘 알고 있었다.

물론.

'지금도 충분히 강하기는 하지만.'

풍기는 마기의 양이나 스킬의 위력 등이.

'확실히 약해졌어.'

단지 체력과 마력이 회복되지 않아서 그런 걸 수도 있기는 했다.

전투 후 공간 이동 게이트를 이용해 편하게 도착해 미리 쉬고 있던 강현수와 달리.

탈리만 남작은 전투를 치른 후 잠시도 쉬지 못하고 직접 날아서 이곳에 도착했으니까.

하지만 그렇다고 하기에는.

'스킬의 위력 자체가 낮아졌어.'

그뿐만 아니라.

'움직임도 좀 둔하고.'

이건 체력 저하라기보다는.

힘, 민첩, 마기 같은 주력 스텟 자체가 하락한 느낌이었다.

'한번 확인해 보자.'

강현수가 시스템창을 열어 갱신된 기록들을 확인했다.

[마족을 제거하고 그 마기를 영구히 흡수했습니다.]

[여신의 눈물 EX랭크가 영구히 흡수한 마기를 정화해 특수 스텟 신성으로 전환합니다.]

[신성 스텟이 상승하였습니다.]

……후략……

'열 개가 떴었네.'

강현수가 이곳에 오기 전 소환수를 동원해 처치한 최상급 도플갱어의 수는 아홉 마리.

그럼 당연히 아홉 개의 메시지가 떠야 했지만.

'하나가 더 떴어.'

그때 강현수가 한 일은?

'탈리만 남작의 분신을 제거한 것뿐이야.'

그건 즉.

'분신 자체가 하나의 마족으로 인정되었다는 거네.'

탈리만 남작이 만들어 낸 분신은 단순히 스킬이나 일시적으로 마력을 소모해 만들어 낸 존재가 아니었다.

말 그대로.

'자신의 육체와 마기를 소모해서 만든 분신이었구나.'

그럼 본체라고 할 수 있는 탈리만 남작이 저렇게 약해진 것도 이해가 갔다.

'급하기는 급했구나.'

얼마나 급했으면 영구적인 힘의 손실을 감수하고 도망쳤겠는가?

'아틀란티스 차원으로 넘어와서 손해만 봤네.'

탈리만 남작의 입장에서는 승급을 위해 아틀란티스 차원으로 왔다가 강현수를 만나.

'승급은커녕 강등만 당한 셈이지.'

절로 이가 갈릴 일이다.

한데 일을 그렇게 만든 장본인인 용호길드가.

'수하들을 죽이고 뒤통수까지 쳤으니.'

분노가 하늘을 찌를 만도 했다.

'좋은 구경거리가 되겠어.'

탈리만 남작의 힘이 온전했다면?

용호길드가 이길 확률이 너무 떨어졌다.

'사실상 제로에 가깝지.'

하지만 힘이 영구적으로 소모된 덕분에.

'나름 해볼 만한 싸움이 됐어.'

뭐, 그렇다고 해 봐야 용호길드가 이길 확률이 0%에서 10% 정도로 늘어난 것뿐이지만.

'그 정도면 충분하지.'

용호길드가 탈리만 남작의 힘을 최대한 소모시켜 주면?

'내가 뒤처리하기 편하니까.'

강현수는 느긋하게 탈리만 남작과 용호길드의 전투를 감상했다.

꽈아아앙!

퍼어어엉!

오러를 비롯한 온갖 공격 스킬들이 난무하고.

"아아악!"

"살려 줘!"

-캬아아악!

-용왕님을 위하여!

용호길드 소속 플레이어들과 용종 몬스터들이 무더기로 죽어 나갔다.

그때.

-크허어어엉!

최전선에서 분투하던 용호길드의 부길드 마스터 호왕 이근택 역시.

탈리만 남작의 공격을 감당하지 못하고 오른팔을 잃었다.

"도대체 지원군은 언제 오는 거야!"

전황이 불리하게 돌아가자 초조해진 용왕 이지용이 간부 박지훈으로 위장한 도플갱어 1호를 닦달했다.

"아까 출발했다는 연락을 받았습니다! 지금쯤 거의 다 왔을 겁니다!"

"아까 전에도 그 소리를 했잖아!"

용왕 이지용이 얼굴을 악귀처럼 일그러트리며 분노했다.

"금방 도착할 겁니다! 조금만 더 버티면 됩니다!"

"이익!"

용왕 이지용이 당장이라도 때려죽일 듯이 간부 박지훈으로 위장한 도플갱어 1호를 노려봤다.

'그럴 만도 하지.'

강현수도 용왕 이지용의 심정을 이해했다.

'나도 정말 짜증 났거든.'

배가 고파서 자장면을 시킨다.

안 온다.

중국집에 전화를 걸어 보면?

'이미 출발했다고 하지.'

알겠다고 하고 기다리지만.

자장면은 오지 않는다.

또 전화를 하면.

'거의 다 와 간다고 금방 도착할 거라고 하지.'

하지만 오지 않는다.

한국 사람이라면.

'누구나 용왕 이지용의 답답함을 충분히 이해할 수 있지.'

용왕 이지용이 애타게 지원군을 기다리는 사이.

"아아악!"

"커어억!"

용호길드 소속 플레이어들이 전멸 직전의 위기에 놓였다.

호왕 이근택은 빈사 상태였고.

용왕 이지용이 소환한 용종 몬스터들은 전멸해 버렸다.

용종 몬스터를 더 소환하고 싶어도 그럴 수 있는 마력이 없었다.

"박지훈!"

잔뜩 화가 난 용왕 이지용이 간부 박지훈으로 위장한 도플갱어 1호를 향해.

"도대체 지원군은 언제 오는……."

분노를 터트리려고 했지만.

"박지훈! 박지훈! 너 어디 간 거야!"

아무리 눈을 씻고 찾아봐도 방금 전까지 곁에 있던 간부 박지훈으로 위장한 도플갱어 1호는 보이지 않았다.

"쿨럭!"

그러는 사이.

용호길드 소속 플레이어들이 완전히 전멸했고.

콰직!

호왕 이근택 역시 목이 꺾이며 숨이 끊어졌다.

"근택아!"

용왕 이지용과 호왕 이근택은 길드 마스터와 부길드 마스터이기 이전에 가장 끈끈한 친구 사이였다.

또 용왕 이지용에게 있어서 전적으로 자신을 믿어 주는 진심으로 의지할 수 있는 유일한 우군이었다.

"이이익!"

용왕 이지용이 호왕 이근택의 숨통을 끊은 장본인인 탈리만 남작을 노려봤다.

"흥! 이것이 배신자의 말로다. 그렇게 왜 배신을 한 거냐? 배신을 하면 이런 비참한 꼴을 당할 줄 몰랐느냐?"

탈리만 남작의 말에 용왕 이지용이 할 말을 잃었다.

박지훈.

튜토리얼에서부터 함께했던 동기.

용호길드의 창단 멤버이자 공신.

박지훈은 용왕 이지용의 지낭이었고.

지금까지 박지훈의 말을 들어 일이 잘못된 적이 단 한 번도 없었다.

박지훈이 없었다면?

용호길드 또한 없었으리라.

그렇기에 이번 위기도 박지훈의 말만 잘 따르면 넘길 수 있을 거라고 믿었다.

그런데.

'지훈이가 배신을?'

오지 않는 지원군과 사라져 버린 박지훈.

'도대체 왜?'

용왕 이지용은 박지훈의 배신을 도저히 이해할 수 없었다.

용호길드의 길드 마스터인 용왕 이지용과 간부 박지훈은 한 몸이나 마찬가지인 공동 운명체였다.

그렇기에 믿었다.

절대 배신할 일이 없는 인물이기에.

박지훈의 말을 의심 없이 따랐다.

그런데.

'어째서 이런 결과가?'

마치 사기꾼에게 홀린 듯한 기분이 들었다.

하지만 뭔가 이상했다.

'용호길드가 이렇게 무너져서 도대체 무슨 이득이 있다고?'

사기꾼이 사기를 치려면 그에 합당한 이득이 있어야 했다.

한데 용호길드가 무너져도 박지훈이 가지고 갈 수 있는 이득은 아무것도 없었다.

오히려 손해만 있을 뿐.

'혹시 나와 수뇌부를 제거하고 용호길드를 차지하려는 건가?'

그건 불가능하다.

간부이기는 했지만.

플레이어로서 박지훈의 실력은 그리 뛰어나지 않았다.

네임드 플레이어도 아니고 랭커 플레이어도 아니었다.

거기다 용호길드 내에는 박지훈을 좋아하는 이들보다 싫어하는 이들이 더 많았다.

실력도 없는 게 길드장에게 아부해서 출세했다고 질투하는 이들이 꽤 많았기 때문이다.

힘이 모든 것을 지배하는 약육강식의 세계에서 지낭이나 책사 같은 포지션에 있는 이들은 많은 괄시를 받을 수밖에 없었다.

그들이 제대로 된 인정을 받는 경우는.

그런 포지션에 있으면서도 플레이어로의 강함을 입증했을 때뿐이다.

그 최소한의 조건이 랭커 플레이어.

박지훈의 경우는.

'그런 케이스에 해당하지 않아.'

오히려 신뢰를 주던 용왕 이지용이 실각하거나 사망하면?

실 끊어진 연 신세가 되어 용호길드에서 쫓겨나거나.

붙어 있더라도 찬밥 신세를 면하기 힘들었다.

그렇기에 도저히 이해가 가지 않았다.

"박지훈!"

용왕 이지용이 목이 터져라, 박지훈을 불렀다.

하지만 박지훈은 나타나지 않았고.

콰직!

맹공을 펼치던 탈리만 남작의 검이.

용인화 스킬을 사용해 악착같이 버티던 용왕 이지용의 목을 반쯤 베어 냈다.

"커억!"

용왕 이지용은 죽음을 직감했다.

"네놈은 정말 엄청 단단하구나. 진짜 마룡족에 비견될 만한 방어력이야. 하지만 그래 봤자다."

서걱!

다시 휘둘러진 탈리만 남작의 검이 용왕 이지용의 목을 말끔하게 베어 버렸다.

'도대체 네가 왜 나를……'

용왕 이지용은 죽어 가면서까지 박지훈의 배신을 이해하지 못했다.

"헉헉헉!"

용왕 이지용까지 제거한 탈리만 남작이 거친 숨을 토해 냈다.

이번 전투로 인해 마기의 원천을 2할이나 잃어 약해진 상태라는 게 제대로 실감이 났다.

아무리 다크 나이트와 싸워 떨어진 체력과 마력이 채 회복되지도 않은 상태라고는 하지만.

'고작 이런 조무래기들을 쓸어버리는 데 이렇게 많은 시간이 걸리다니.'

하나 성과가 없지는 않았다.

어쨌든 수많은 강자들을 죽여.

그들의 마력을 흡수했으니까 말이다.

'꾸준히 살육을 이어 나가면 손실된 마기를 회복하는 걸 넘어서 더 강해질 수 있어.'

하지만 그 전에.

용왕 이지용이 왜 자신을 배신했는지 그 이유부터 알아봐야 했다.

탈리만 남작이 용왕 이지용의 기억을 흡수했다.

그리고.

'뭐지?'

더 큰 의문을 느꼈다.

'이놈은 그저 이용당했을 뿐이야.'

자신을 싫어하기는 했지만.

배신할 생각까지는 없었다.

용왕 이지용이 자신을 배신한 이유는.

'박지훈.'

그 인간의 수작이었다.

짝짝짝!

그때 힘찬 박수 소리와 함께.

"혼자서 용호길드를 쓸어버리다니 대단한데."

탈리만 남작의 귓가로 익숙한 목소리가 들려왔다.

"다크 나이트!"

익숙한 목소리의 주인공은 자신과 대등하게 싸웠던 다크
나이트였다.

그리고 그의 옆에는.

"박지훈."

용왕 이지용이 자신을 배신하게 만든 원흉이 자리해 있었
다.

"모두 네놈들의 수작이었구나!"

탈리만 남작이 으르렁거리는 음성으로 분노를 토해 냈다.

"맞아."

"크윽!"

탈리만 남작이 어금니를 악물었다.

마음 같아서는 당장 찢어 죽이고 싶지만.

상황 자체는 자신에게 불리했다.

"두고 보자."

그 말과 함께 탈리만 남작이 맹금류의 형상으로 변해 하늘
로 날아올랐다.

"여단 소환."

그때 다크 나이트가 짧은 한마디를 내뱉었고.

사아아아악!

강대한 마력이 느껴짐과 동시에.

휘익!

칠흑빛 비늘로 뒤덮인 거대한 마룡의 앞발이 탈리만 남작을 향해 날아왔다.

"이런!"

피하기는 무리였다.

퍼억!

가까스로 공격을 막아 냈지만.

그 대가로 탈리만 남작은 힘없이 대지에 처박힐 수밖에 없었다.

"이게 무슨?"

탈리만 남작이 경악한 눈빛으로 허공을 올려보았다.

그곳에서는.

"카라스 남작?"

죽었다고 알려진 마룡 카라스가.

비행이 가능한 용종 몬스터들과 함께 하늘을 장악하고 있었다.

"여단 구성."

그때 다시금 다크 나이트가 짧은 한마디를 내뱉었다.

그 순간.

사아아아악!

강대한 마력의 폭풍이 휘몰아치며.

용왕 이지용과 호왕 이근택을 포함한 용호길드 소속 플레이어들과 탈리만 남작의 수하였던 도플갱어들이.

부활했다.

"이이이이!"

두 눈으로 보고도 믿을 수 없는 광경이 펼쳐지자.

탈리만 남작의 얼굴이 경악으로 물들었다.

"마계에 연락할 여력이 없는 모양이네."

용호길드가 탈리만 남작이 도착하기 전에 도플갱어들을 전멸시켜 준 덕분이었다.

"이제 너만 죽으면 되겠어."

다크 나이트의 말이 끝나기 무섭게.

크아아아아앙!

마룡 카라스가 포효를 터트리며 탈리만 남작에게 달려들었고.

그것도 모자라.

콰콰콰콰!

파지지직!

화르르륵!

부활한 용왕 이지용과 호왕 이근택을 포함한 용호길드 소

속 플레이어들이 온갖 공격 스킬을 발동시키며 탈리만 남작
을 공격했다.

　하지만 탈리만 남작 입장에서 가장 기막힌 일은.

　동족이자 충실한 수하이며.

　절대 자신을 배신할 수 없는 권속인 도플갱어들이.

　살기를 줄줄 뿜어내며 자신에게 달려드는 것이었다.

이중 보상

"으아아아아!"

강한 분노가 섞인 일갈을 터트린 탈리만 남작이 마기를 폭발시키며 사납게 날뛰기 시작했다.

꽈아아앙!

마기로 뒤덮인 일격에 마룡 카라스가 뒤로 밀려 났고.

꽈직! 서걱!

용호길드 소속 플레이어를 바탕으로 만든 소환수들과 도플갱어들이 무참히 소멸했다.

'역시 이 정도로는 무리네.'

대대장들 중 가장 강력한 마룡 카라스를 동원하기는 했지만.

소환수는 소환수.

지휘관 임명과 지휘관의 축복 버프를 받았음에도 탈리만 남작과 비교하면 격의 차이가 느껴졌다.

'같은 버프를 받더라도 원판이 강하면 강할수록 그 효과가 떨어진단 말이지.'

마롱 카라스가 생전의 모습을 회복하려면?

지성이 더 높아지고 버프도 더 많이 받아야 할 듯했다.

그래도 지금은.

캬우우우웅!

'이 정도로 충분하지.'

마롱 카라스는 정면 대결에서 탈리만 남작에게 밀렸지만.

그래도 메인 탱커 겸 딜러 역할을 자처하며 나름 선방하고 있었다.

'뭐, 애초에 마롱 카라스의 투입 목적 자체가 탈리만 남작의 도주를 막는 거였으니까.'

마롱 카라스가 홀로 탈리만 남작을 쓰러트릴 수 있을 거라고는 애초에 기대도 안 했다.

'가라.'

강현수가 대대장급 소환수들을 추가 투입시켰다.

그리고.

"우리도 슬슬 합류해야지."

강현수가 송하나, 투황, 멸마창왕 진구평, 암왕 세실리아,

검왕 장석원, 인의군왕 신창후를 바라보며 말했다.

"저, 저기에 말씀이십니까?"

멸마창왕 진구평이 떨떠름한 표정으로 탈리만 남작과 마롱 카라스를 비롯한 대대장들이 뒤엉켜 싸우고 있는 현장을 가리켰다.

"그럼 가야지. 업적 얻기 싫어?"

과거 마롱 카라스를 쓰러트릴 때.

강현수는 송하나와 투황과 함께했음에도 '마롱 카라스를 홀로 쓰러트리는 있을 수 없는 업적'과 '마계 남작을 홀로 쓰러트리는 믿을 수 없는 업적' 그리고 '마왕군의 침공을 홀로 훌륭하게 저지하는 훌륭한 업적'을 달성했다.

'그것도 모자라 송하나와 투황도 업적을 얻었지.'

마음 같아서는 황금 군주 사에마알과 이반 야멜리코넨도 데리고 오고 싶었지만.

'사에마알은 힐러로서의 재능이 뛰어난 편이 아니고.'

또 애초에 사에마알의 장기는 돈을 불리는 거지 전장에서 싸우는 게 아니었다.

이반 역시 이런 전장에 투입시키기에는.

'너무 저레벨이지.'

또 로크토 제국군에 메여 있는 몸이라 함부로 소환해 데리고 올 수도 없었다.

"업적은 얻고 싶지만 너무 위험해 보여서."

"그럼 그냥 멀리서 스킬 날리면서 견제만 해."

"그래도 괜찮겠습니까?"

"그래."

강현수의 대답을 듣자.

다 죽어 가던 멸마창왕 진구평의 얼굴에 화색이 돌았다.

"그럼 그렇게 하겠습니다."

"가자."

강현수가 그 말을 끝으로 앞으로 나가자.

송하나, 투황, 암왕 세실리아, 검왕 장석원, 인의군왕 신창후가 그 뒤를 따랐다.

'세실리아는 내가 신경을 좀 써 줘야겠어.'

이들 다섯 중에 실력이 가장 떨어지는 사람이 바로 세실리아였다.

아무리 유리한 전장이라도.

'아차 하는 순간 목숨이 날아갈 수 있어.'

이곳에 송하나, 투황, 멸마창왕 진구평, 암왕 세실리아, 검왕 장석원, 인의군왕 신창후를 데리고 온 목적은.

'업적을 얻기 위해서지.'

그들을 잃기 위해서가 아니었다.

'그럼 가 볼까.'

우득! 우득!

강현수가 야수화 스킬을 이중으로 사용한 후.

타악!

전투에 뛰어들었다.

콰콰콰콰콰!

뱀피릭 오러가 탈리만 남작의 공격 스킬과 방어 스킬을 연이어 소멸시켰다.

'아직 쿨타임이 남아 있는 스킬들이 있기는 하지만.'

그 정도는 소환수와.

'휘하 지휘관들로 커버할 수 있어.'

화르르륵! 파지지직!

송하나가 원거리 공격 스킬과 근거리 공격 스킬을 적절히 섞어 가며 탈리만 남작을 압박했고.

꽈아앙! 꽈아앙!

투황의 경우 황금빛 오러를 찬란하게 뿜어내며 정면에서 맹공을 가했다.

여기에.

"으하하하하! 이것도 받아 봐라!"

검왕 장석원이 신이 나서 검을 휘둘렀고.

인의군왕 신창후 역시 얼굴 가득 미소를 짓고 탈리만 남작을 공격했다.

'둘 다 아주 신이 났네.'

강현수를 제외하고.

이 자리에서 가장 강한 플레이어가 바로 검왕 장석원과 인의군왕 신창후였다.

　송하나와 투황의 전투력이 왕급 칭호를 가진 네임드 플레이어 수준으로 올라오긴 했지만.

　'그건 버프빨이 크지.'

　지휘관 임명과 지휘관의 축복.

　이 두 가지 버프를 통해 그 정도 힘을 손에 넣었다.

　반면 검왕 장석원과 인의군왕 신창후의 경우.

　'애초부터 왕의 칭호를 가진 플레이어였지.'

　그런 두 사람이 지휘관 임명과 지휘관의 축복을 통해 스텟이 뻥튀기되고 거기에 적응했다.

　그 결과.

　꽈아앙! 꽈아앙!

　검왕 장석원과 인의군왕 신창후의 경우.

　'검황과 인의군황이라고 해도 믿겠네.'

　역시 사망한 플레이어를 부활시켜 소환수로 만드는 것보다는.

　살아 있는 플레이어를 설득해 지휘관으로 만드는 게 더 큰 이득이었다.

　'도왕과 비교하면 편차가 커.'

　도왕은 죽은 후 소환수로 부활했다.

　그 결과.

　생전보다 실력이 하락했고.

성장이 멈췄다.

반면 검왕과 인의군왕의 경우.

'실력 하락도 없고 무한대로 성장이 가능하지.'

거기다 강현수가 준 두 가지 버프 덕에 스텟이 크게 상승했으니.

'앞으로의 레벨 업 속도도 더 빨라질 거야.'

거기다 두 사람이 믿을 만한 길드원을 중대장, 소대장, 분대장으로 임명할 테니.

강현수는 가만히 있어도 알아서 휘하 지휘관의 숫자가 늘어난다는 장점이 있다.

아무리 생각해도.

죽은 자를 부활시켜 플레이어로 만드는 것보다.

'살아 있는 플레이어를 지휘관으로 만드는 게 나아.'

도왕, 화염의 기사, 광살마존처럼 꼭 제거해야 하는 경우를 제외하면.

'설득해서 지휘관으로 만들어야 해.'

무란의 수호성이라 불리던 칼무스 공작이 필사의 거래 스킬을 사용하지 않았다면?

마룡 카라스와의 접전에서 생존했다면?

죽은 후가 아니라 살아 있을 때 강현수의 휘하에 들어왔다면?

'지금보다 월등히 더 강해졌겠지.'

그리고 부수적으로.

'무란 왕국에 대한 영향력도 강화할 수 있었을 테고.'

강현수가 앞으로 제거해야 할 플레이어들과 포섭해야 할 플레이어들의 명단을 확인했다.

'쉽지는 않겠어.'

절박한 상황에 놓인 이들도 있지만.

굳이 다른 이의 도움이 필요치 않을 정도로 자리를 잡은 플레이어들도 있다.

하지만.

'불가능한 건 아니지.'

이번에 검왕 장석원과 인의군왕 신창후를 휘하에 들인 것처럼 말이다.

'뭐, 선택 예지라는 특별한 스킬 덕분이기는 했지만.'

어쨌든 성공했다는 게 중요한 것 아니겠는가?

"아아아악!"

강현수가 이런저런 생각을 하며 맹공을 퍼붓는 와중에도.

탈리만 남작의 몸에는 하나둘 상처가 늘어 가고 있었다.

"이 건방진 인간 놈들!"

탈리만 남작이 두 눈에 핏발이 잔뜩 선 채로 거칠게 반항했지만.

'이미 승기는 기울었어.'

어떤 방법을 쓰든.

'넌 이곳에서 죽는다.'

지상의 탈출구는 강현수를 비롯해 송하나, 투황, 멸마창왕 진구평, 암왕 세실리아, 검왕 장석원, 인의군왕 신창후를 비롯한 대대장들이 탄탄한 포위망을 구성하고 있었고.

하늘의 탈출구 역시 마룡 카라스를 비롯한 용종 몬스터들이 완전히 틀어막아 버렸다.

서걱!

탈리만 남작의 왼팔이 날아갔다.

'이제 끝이다.'

사지가 멀쩡할 때도 밀리던 상황.

팔 하나가 날아갔으니.

방어에 문제가 생길 수밖에 없었다.

그때.

"이익! 죽어어어!"

탈리만 남작이 암왕 세실리아를 향해 달려들었다.

'이놈이?'

어차피 죽을 거.

저승길 동무 하나 데리고 가겠다는 심산인 것 같았다.

암왕 세실리아를 노린 이유는?

'여기 있는 이들 중에서 가장 약하니까.'

푸욱! 좌악!

탈리만 남작의 몸에 온갖 날붙이가 틀어박혔다.

그럼에도 탈리만 남작은 꿋꿋이 전진했다.

강현수가 암왕 세실리아의 앞을 가로막으며 검을 휘둘렀다.

그 순간.

크아아앙!

탈리만 남작의 팔이 부풀어 오르며 드래곤 터틀의 형상으로 변했다.

서걱!

강현수의 검이 드래곤 터틀 형상으로 변한 탈리만 남작의 팔을 베어 버렸다.

그사이.

쭈욱!

목이 쭉 늘어난 탈리만 남작의 머리가 뱀의 형상으로 변해 암왕 세실리아를 향해 아가리를 쫙 벌렸고.

푸욱!

날카로운 날붙이가 살을 꿰뚫는 소음과 함께.

암왕 세실리아의 손에 들려 있던 오러 맺힌 단검이 뱀의 형상으로 변한 탈리만 남작의 머리를 꿰뚫었다.

"커억!"

머리를 꿰뚫린 탈리만 남작의 몸이 힘없이 허물어졌고.

사아아악!

사체가 먼지처럼 흩어지며 잔존 마기가 뿜어져 나왔다.

'멍청한 놈.'

강현수가 죽은 탈리만 남작을 바라보며 혀를 찼다.

'세실리아를 너무 얕봤어.'

그래서 오히려 더 빨리 죽어 버렸다.

암왕 세실리아.

물론 아직은 암왕이라는 칭호를 손에 넣기에는 실력이 미약했다.

하지만.

'재능은 차고 넘치지.'

회귀 전 암왕이라고 불리기는 했지만.

자신의 정체를 감춰서일 뿐.

실력만큼은 암황이라고 불려도 이상치 않을 존재였다.

그리고 그 넘치는 재능이.

'나를 만나서 더 일찍 꽃을 피웠지.'

세실리아의 현재 실력이 아무리 떨어진다고 해도.

'타고난 전투 센스는 그대로지.'

그리고 그건 상대의 공격을 유도하거나 예측해서 반격하는 전투 지능 역시 마찬가지였다.

숙련도는 좀 모자랄지 몰라도.

'재능은 그대로니까.'

강현수가 탈리만 남작이 쓰러진 후 나온 잔존 마기를 흡수했다.

그와 동시에.

[도플갱어 킹을 홀로 쓰러트리는 있을 수 없는 업적을 이루셨습니다.]
[칭호 도플갱어 킹 슬레이어 EX랭크가 주어집니다.]
[칭호 일인 레이드 EX랭크가 주어집니다.]

[마계 남작을 홀로 쓰러트리는 믿을 수 없는 업적을 이루셨습니다.]
[칭호 마계 귀족 포식자 SSS랭크가 EX랭크로 성장했습니다.]

[마왕군의 침공을 홀로 저지하는 훌륭한 업적을 이루셨습니다.]
[칭호 아틀란티스 차원의 수호자 SSS랭크가 EX랭크로 성장했습니다.]

업적 메시지가 쏟아졌다.
그와 더불어.

[마족을 제거하고 그 마기를 영구히 흡수했습니다.]
[여신의 눈물 EX랭크가 영구히 흡수한 마기를 정화해 특수 스텟 신성으로 전환합니다.]
[신성 스텟이 상승하였습니다.]

신성 스텟도 늘어났다.

'좀 짜네.'

같은 마계 남작인 마룡 카라스를 쓰러트렸을 때는?

업적이 미친 듯이 쏟아졌다.

'그때 받은 업적이 열 개가 넘었지.'

그런데 지금은?

'추가로 받은 업적은 두 개고.'

나머지 두 개는 업그레이드였다.

벌써 이 정도라면?

'앞으로는 더 힘들겠네.'

남작 같은 하위 마계 귀족을 잡아서는 업적을 얻기가 쉽지 않을 것 같았다.

'뭐, 대량으로 잡거나 상위 마계 귀족을 잡으면 되기는 하겠지만.'

그러려면 전력을 좀 더 보강해야 했다.

거기다 마룡 카라스를 잡았을 당시의 업적이 넘사벽 수준이라서 그렇지.

'사실 마계 귀족 하나 잡고 EX랭크 업적 두 개에 SSS랭크 업적 두 개가 EX랭크로 성장했으면 개꿀이기는 하지.'

마룡 카라스를 잡을 때보다 난이도가 많이 하락하기도 했고 말이다.

더군다나.

업적을 얻은 건 강현수 혼자만이 아니었다.

"하하하! SSS랭크 업적이다! 그것도 세 개야!"

검왕 장석원이 신나서 소리를 쳤고.

"난 SSS랭크 업적 하나에 기존 SSS랭크 업적 두 개가 EX 랭크로 성장했어!"

"나도!"

투황과 송하나도 싱글벙글했다.

"감사합니다. 주군 덕분에 SSS랭크 업적을 세 개나 얻을 수 있었습니다."

"전 주군의 은혜 덕에 EX랭크 업적 하나와 SSS랭크 업적 두 개를 받았습니다."

푸짐한 업적을 얻은 인의군왕 신창후와 암왕 세실리아도 기분이 좋아 보였다.

단.

"왜 난 SS랭크만 세 개지?"

멸마창왕 진구평만 잔뜩 울상을 지으며 중얼거렸다.

'그야 당연히 기여도 순위가 떨어지니까 그렇지.'

멸마창왕 진구평의 경우 멀리서 몸을 사린 상태로 견제만 넣었다.

당연히 기여도 순위가 꼴찌일 수밖에 없다.

그럼에도 불구하고 SS랭크 업적을 세 개나 얻은 것 자체 가.

'횡재한 거지.'

그런데 뭔가 이상한 점이 있었다.

'세실리아가 EX랭크 업적 하나와 SSS랭크 업적 두 개를 받았다고?'

그건 있을 수 없는 일이었다.

왜냐하면.

'이미 내가 EX랭크 업적을 두 개나 받았으니까.'

거기다 SSS랭크 업적 두 개도 EX랭크로 업그레이드되었다.

'검왕 장석원과 인의군왕 신창후는 SSS랭크 업적 세 개를 받았잖아?'

송하나와 투황이 두 개의 EX랭크 업적을 얻기는 했지만.

'그건 기존에 보유한 SSS랭크 업적이 성장한 거야.'

쉽게 말해 송하나와 투황도 SSS랭크 업적 세 개 치의 보상을 받았고 보면 된다.

'이거 뭔가 이상한데?'

도대체 왜?

'보상을 더 퍼 주는 거야?'

당연히 보상은 많으면 많을수록 좋다.

하지만.

'원인 파악 정도는 해야지.'

그래야 앞으로도 이렇게 더 많은 보상을 받을 것 아니겠는가?

'일반적으로 업적은 기여도 순위에 따라 보상을 차등으로 지급해 준단 말이지.'

기여도 1위와 2위는 한 끗 차이지만.

'받는 업적 랭크가 바뀔 정도로 그 차이가 커.'

당연히 기여도가 더 떨어지면?

보상 랭크도 하락한다.

예를 들어 1위가 EX랭크 업적을 얻으면?

2위에서 5위가 그보다 한 단계 떨어지는 SSS랭크 업적을 얻고.

6위에서 20위가 역시 그보다 한 단계 떨어지는 SS랭크 업적을 받는 식이다.

1위가 S랭크 업적을 받았다면?

'똑같이 한 단계씩 하락하지.'

2위에서 5위가 A랭크 업적을 얻는 식이다.

그런데.

'왜 나랑 세실리아가 같이 EX랭크 업적을 얻은 거지?'

개수는 다르지만 어찌 되었든 보상 랭크는 같았다.

일반적으로 이런 경우.

기여도 1위인 강현수가 최고 보상인 EX랭크를 받고.

나머지가 4인이 SSS랭크를 받는다.

그러려면?

송하나, 투황, 암왕 세실리아, 검왕 장석원, 인의군왕 신창후.

'이 다섯 중 하나가 기여도 6위가 되어서 SS랭크 업적을 받아야 하는데?'

그게 정상이다.

강현수는 EX랭크 업적 두 개를 얻고 SSS랭크 업적 두 개가 EX랭크가 되었다.

여기서 EX랭크 업적 보상이 끝나야 하는데.

'막타를 친 세실리아가 EX랭크 업적 하나와 SSS랭크 둘을 받았어.'

검왕 장석원, 인의군왕 신창후, 송하나, 투황도 5위 안에 드는 업적 보상을 받았다.

상위 보상은 5위까지인데.

여섯 명이 받은 셈이다.

거기다.

'2~5위 보상이 중복된 것도 아니고, 1위 보상을 나랑 세실리아에게 중복으로 줬어.'

아틀란티스 차원에서 30년 넘게 굴렀지만 이런 경우는 듣도 보도 못했다.

'혹시 내가 받은 EX랭크 업적 두 개와 송하나와 투황이 받은 EX랭크 업적 두 개가 성장형이어서?'

그럴 리가 없었다.

성장형이라고 해도 SSS랭크와 EX랭크는 그 차이가 크다.

'나는 기여도 1위 보상을.'

송하나와 투황도 정당한 기여도 2~5위 보상을 받았을 뿐이다.

'당연히 기여도 5위 안에 들었기 때문이지.'

그게 아니라면 업적이 성장하지 않거나.

'송하나나 투황 둘 중 한 사람의 업적만 성장했겠지.'

이건 절대 상식적인 상황이 아니다.

유일한 가능성은?

'내가 빠진 건가?'

강현수의 휘하 지휘관들은 플레이어이자 소환수.

함께 전투를 치르는 파티를 해도 강현수 단독 사냥으로 인정받는다.

또 휘하 지휘관들은 강현수의 소환수이자 플레이어이기에 따로 업적을 받는다.

'업적에 홀로 쓰러트린 자라고만 나와 있었어.'

마룡 카라스를 쓰러트렸을 때도.

탈리만 남작을 쓰러트렸을 때도.

시스템 메시지창에.

'기여도 1위라고 뜬 적이 없었네?'

그때는 별생각이 없었는데 지금 보니.

'파티 사냥이 아닌 단독 사냥이라 당연히 기여도가 없는 거였어.'

0레벨
플레이어

반면 휘하 지휘관들은?

'기여도 순위가 나왔지.'

그럼?

파티 사냥으로 인정되었다는 뜻이었다.

'내가 파티 구성원으로 인정되지 않았구나.'

그래서 기여도가 없는 거였다.

−기여도 몇 위야?

강현수가 세실리아에게 물었다.

−이상하게 제가 1위입니다.

세실리아의 답변에 강현수의 얼굴에 미소가 번져 나갔다.

'역시 내 예상이 맞았어.'

강현수는 지금까지 자신과 휘하 지휘관들이 함께 파티 사냥을 했지만.

가이아 시스템이 플레이어와 소환수의 차이를 제대로 분간하지 못해 강현수에게 중복으로 추가 업적을 준 거라고 생각했다.

한데 그게 아니라.

'아예 별개로 인정되는 거였어.'

강현수는 단독.

지휘관으로 임명된 플레이어 겸 소환수 파티.

이런 식으로 말이다.

'그러고 보니.'

인간 사냥꾼과 노예 상인 들을 쓸어버렸을 때도.

'보상이 후하기는 했지.'

강현수가 가장 좋은 업적을 받았고.

그 일에 관여한 송하나, 투황, 멸마창왕 진구평, 암왕 세실리아가 강현수보다는 못하지만.

그래도 꽤 푸짐한 업적 보상을 받았다.

그때는 단순히 업적 보상 자체가 넉넉하기에 그런가 보다 했는데.

'그게 아니라 아예 보상을 따로 인정해 줬던 거구나.'

그래서 강현수도 푸짐하게 받고.

송하나, 투황, 멸마창왕 진구평, 암왕 세실리아도 푸짐한 업적을 받은 것이다.

'아깝네.'

마룡 카라스를 쓰러트렸을 때가 떠올랐다.

그때 송하나와 투황은 마룡 카라스 레이드에 그리 큰 도움이 되지 못했다.

아마 그래서.

'송하나와 투황이 기여도 1위로 인정받지 못했던 거야.'

기여도 1위로 인정받으려면.

'확실한 공을 세워야 하니까.'

예를 들자면.

'암왕 세실리아가 탈리만 남작의 숨통을 끊었던 것처럼.'

오레백
플레이어

아쉬움이 밀려왔다.

'그때 막타를 송하나나 투황에게 양보했어야 했는데.'

그럼 강현수도 엄청난 보상을 얻고.

막타를 친 둘 중 하나가.

'더 후한 보상을 받았겠지.'

탈리만 남작의 막타를 친 암왕 세실리아처럼 말이다.

'이건 일종의 버그야.'

사실상 한 몸이라고 할 수 있는 강현수와 휘하 지휘관들이.

완전히 별개의 존재로 인식되는 버그.

그 버그의 대가는?

'이중 보상이지.'

단 한 번만 지급되어야 할 보상이.

중복으로 나온다.

제대로 된 운영자가 있다면 금방 '빽섭'을 해서 보상을 회수하겠지만.

'가이아 시스템은 그저 초기 세팅대로 운영될 뿐.'

운영자 따위는 존재하지 않는 것으로 추측되었다.

그러니.

'앞으로도 잘 이용해 주마.'

이 버그를 이용하면?

'똑같은 일을 하더라도 보상을 두 배로 받을 수 있어.'

앞으로 더 많은 수의 플레이어를 휘하 지휘관으로 포섭할 예정인 강현수의 입장에서는.

개꿀도 이런 개꿀이 없었다.

"이야, 그 콧대 높던 중화길드의 길드 마스터가 다크 나이트 소속인 줄은 몰랐소?"

"크흠, 그건 나도 마찬가지요. 발해길드와 고려길드의 길드 마스터가 다크 나이트 소속일 줄이야."

"앞으로 잘 지내봅시다. 우리 같은 편 아니오?"

"뭐, 그렇기는 하지요."

"카발길드와 싸울 때 다크 나이트의 도움을 받은 거요?"

"그게 어떻게 된 거냐면 말이오."

강현수가 열심히 머리를 굴리던 사이.

검왕 장석원과 멸마창왕 진구평이 열심히 친분(?)을 쌓고 있었다.

"허허, 섀도 다크의 수장분이 이런 미인이실 줄은 몰랐습니다. 그런데 정보 조직의 수장이시면서 이렇게 정체를 쉽게 밝히셔도 괜찮으십니까?"

"우리는 어차피 한배를 탄 사이잖아요. 앞으로 협력할 일이 많을 텐데, 괜히 서로를 경계하느라 시간을 낭비한다면 얼마나 비효율적이겠어요."

"그것도 그렇군요."

또 암왕 세실리아와 인의군왕 신창후도 통성명을 하며 친분을 쌓았다.

'뭐, 나쁠 것 없지.'

어차피 휘하 지휘관이 된 이상 강현수를 배신할 수는 없다.

그런 만큼 서로의 정체를 밝혀도 문제 될 것은 없다.

그리고 이렇게 서로가 서로의 존재를 알게 되면?

'굳이 나를 통해서 정보를 교환할 필요가 사라지지.'

정보 조직의 수장인 암왕 세실리아 입장에서는 일이 월등히 간편해진다.

또 발해길드와 고려길드가 속한 테라 왕국과 중화길드가 속한 마이트어 왕국은 서로 국경을 맞대고 있는 만큼.

'필요할 때 서로 도움을 줄 수 있지.'

테라 왕국과 무란 왕국은 앙숙이기에 국경을 넘는 것 자체가 불가능했지만.

'테라 왕국과 마이트어 왕국의 사이는 무난한 편이지.'

서로의 힘이 필요할 때 얼마든지 유기적으로 도움을 주고받을 수 있다는 뜻이다.

'힘의 균형도 잘 맞는 것 같고.'

규모로 치면 멸마창왕 진구평의 중화길드가 가장 거대했다.

'성격 자체도 전형적인 강약약강에 기회주의자 성향이지.'

그런 멸마창왕 진구평이라면?

선배랍시고 은연중에 갑질을 하려 들 수도 있었다.

하지만.

'방금 전 힘의 격차를 제대로 느꼈겠지.'

강현수의 버프를 받은 검왕 장석원과 인의군왕 신창후의 무위는 더 이상 왕 칭호에 갇혀 있을 수준이 아니었다.

강현수의 버프 덕에 겨우 왕의 칭호를 단 멸마창왕 진구평과는.

'급이 다르지.'

그 두 사람에게 명성을 떨칠 시간이 조금 더 주어진다면?

칭호가 한 단계 올라갈 것이다.

그러니 당연히 멸마창왕 진구평의 입장에서는.

'함부로 설칠 수가 없겠지.'

만약 설친다면 강현수가 직접 교육(?)을 해 줄 생각이었는데.

굳이 그럴 필요는 없어 보였다.

'어떻게 보면 운이 참 좋은 놈이란 말이야.'

다른 지휘관들은?

강현수가 휘하에 들이기 위해 직접 찾아가 공을 들여 스카우트를 했다.

반면 멸마창왕 진구평의 경우는.

'싸우다 죽을 줄 알고 방치했는데 알아서 살아남았지.'

그리고 얼떨결에 강현수의 휘하에 들어왔다.

'서로 윈윈이지.'

강현수는 중화길드를 손에 넣어 이득이고.

멸마창왕 진구평은 살아남은 것은 물론 중화길드의 길드마스터가 되었으니 이득이었다.

'눈치도 적당히 빠른 편이고.'

이대로만 한다면?

앞으로도 계속 강현수의 휘하에 머물 수 있으리라.

"자, 이제 슬슬 흩어지자고."

강현수의 말에 암왕 세실리아와 멸마창왕 진구평이 떠날 준비를 했다.

저 두 사람은.

'공식적으로 이곳에 온 적이 없는 거니까.'

문제는 가는 길이 제법 험할 거라는 거였다.

"타."

강현수의 말에 암왕 세실리아와 멸마창왕 진구평이 소환수 와이번의 등에 올라탔다.

올 때는 여단 소환 스킬로 단숨에 올 수 있지만.

'갈 때는 직접 가야 하니까.'

그나마 가장 빠른 게 소환수 와이번을 타고 가는 거였다.

"그럼 가 보겠습니다, 주군."

"앞으로도 이런 일이 있으면 언제든지 불러 주십시오."

"그래, 조심해서 가라."

강현수의 말을 끝으로 소환수 와이번들이 하늘 높이 날아올랐다.

　입국 기록이 없으니 로크토 제국과 마이트어 왕국의 영토로 진입하기 전까지는 소환수 와이번을 타고 찬 바람을 맞으며 이동해야 할 터였다.

　"명성을 얻을 준비는 됐지?"

　강현수가 검왕 장석원과 인의군왕 신창후에게 말했다.

　"예, 준비 끝났습니다."

　검왕 장석원은 싱글벙글했고.

　"망신살이 뻗칠 로크토 제국의 토벌대에게 조금 미안하군요."

　인의군왕 신창후는 조금 미안한 표정을 짓고 있었다.

　"영감, 그건 어쩔 수 없는 거야. 괜히 다크 나이트의 전력을 노출할 필요는 없잖아. 그리고 주군의 도움을 받으면 우리끼리 충분히 잡을 수 있는데 굳이 불러서 업적 나눠 줄 필요도 없고."

　"뭐, 그렇기는 하지."

　인의군왕 신창후가 순순히 검왕 장석원의 말이 맞다는 사실을 인정했다.

　"그럼 가 봐."

　강현수의 말에.

　"넵! 가 보겠습니다!"

"예, 주군."

검왕 장석원과 인의군왕 신창후가 떠났다.

'그럼 슬슬 만들어 볼까.'

강현수가 여단 구성 스킬을 사용했다.

사아아악!

그와 동시에 죽은 탈리만 남작이 소환수로 부활했다.

쿵!

탈리만 남작이 강현수 앞에 공손히 무릎을 꿇었다.

강현수가 도플갱어 1호를 임시 대대장에서 중대장으로 강등시키고 탈리만 남작을 새로운 임시 대대장으로 임명했다.

'저 둘도 써먹기는 해야지.'

용왕 이지용과 호왕 이근택.

문제는.

'용왕 이지용은 좀 애매하네.'

죽으면서 마족과의 계약이 해제되어 버려서.

'용종 몬스터 소환 능력이 사라졌어.'

대신 용인화 스킬은 남아 있었다.

'차이가 뭐지?'

둘 다 마족에게 받은 능력인데 왜 용종 몬스터 소환 능력은 소멸하고 용인화 스킬은 남았을까?

'받은 힘이 스킬 형태가 아니었던 건가?'

그럴 수도 있다는 생각이 들었다.

어쨌든 중요한 건.

용왕 이지용의 전투력 수준이.

'확 떨어졌어.'

탱커 역할로밖에 써먹을 일이 없어 보였다.

'그냥 중대장 정도로 써먹어야겠네.'

참 아쉬운 일이었다.

그나마 다행이라면.

'호왕 이근택은 쓸 만하네.'

강현수가 검귀를 대대장에서 중대장으로 강등시키고 호왕을 대대장으로 임명했다.

'그럼 이제 가 볼까.'

볼일은 다 끝났으니.

이제 더 이상 이곳에 있을 필요가 없었다.

예상치 못한 선물

도플갱어 군단이 다크 나이트를 포함한 발해, 고려, 용호 길드 연합의 손에 전멸당했다는 소식이 아틀란티스 차원 전역을 강타했다.

용호길드가 도플갱어 군단의 은신처를 찾아내 급습했고.

지원 요청을 받은 다크 나이트와 발해, 고려길드가 지원을 와서 도플갱어 군단 토벌에 성공했다.

발해, 고려, 용호길드는 이 사실을 대대적으로 홍보했다.

—다크 나이트가 참 대단하기는 한 것 같아.

—그러게 무란 왕국에서는 마족의 침공을 막아 내다가 네임드 플레이어와 랭커 플레이어가 무더기로 죽어 나갔다고

들었는데.

　－괜히 다크 나이트의 수장이 신의 칭호를 받은 게 아니라
니까.

　－발해, 고려, 용호길드도 대단하지.

　－그건 그렇지. 비밀 조직 하나와 거대 길드 셋이 마족을
퇴치한 셈이니까.

　당연히 다크 나이트를 포함한 발해, 고려, 용호길드의 위
상이 크게 올라갔다.

　－그런데 로크토 제국의 토벌대는 도대체 뭘 한 거야?

　－뭐, 응원이라도 했나 보지.

　－그건 아니고 전투가 벌어지는 와중에 이동하는 중이었
다고 하더라고.

　－그런데 이동하는 와중에 토벌이 끝난 거지.

　－마족과 싸우기 겁이 나서 일부러 천천히 간 거 아니야?

　－그럴 수도 있지.

　반면 로크토 제국의 토벌대는 큰 망신을 당할 수밖에 없었
다.

　하지만 로크토 제국의 토벌대는 진짜 억울했다.

　일부러 천천히 가기는커녕 지원 요청을 받자마자 최대한

빨리 움직였음에도.

공간 이동 게이트를 통해 이동하는 과정에서 전투가 종결되었기 때문이다.

-로크토 제국의 토벌대가 조금이라도 빨리 왔다면 용왕이랑 호왕이 살아남았을 수도 있었는데.

-그러게 말이야.

-참 아쉽게 됐어.

마족을 토벌하는 데 희생이 없을 수는 없다.

가장 큰 희생을 치른 건 용호길드였다.

길드 마스터와 부길드 마스터를 포함한 간부들이 대거 전멸하는 엄청난 피해를 입은 것이다.

살아남은 간부들이 없는 건 아니었지만.

그들은 거대한 덩치의 용호길드를 유지할 수 있을 만한 명성도 없었고.

역량도 없었다.

많은 이들이 용호길드를 안쓰럽게 생각했고.

그들을 영웅이라고 추켜세웠지만.

그런다고 용호길드가 처한 문제가 해결되는 건 아니었다.

결국 용호길드는.

커다란 혼란에 빠져들 수밖에 없었다.

'성공했네.'

강현수는 소환수인 도플갱어 킹 탈리만과 최상급 도플갱어들을 용호 길드의 간부로 위장해 투입시켰다.

걸릴지도 모른다고 생각했는데.

도플갱어 킹과 최상급 도플갱어들답게 완벽하게 자신의 배역을 소화해 냈다.

'이제 잘게 쪼개기만 하면 되겠어.'

강현수가 소환수 도플갱어들을 간부로 위장시켜 용호길드에 투입시킨 건.

용호길드를 존속시켜 지배하기 위함이 아니었다.

'그럴 가치도 없고 필요도 없지.'

수뇌부가 전멸한 용호길드의 수준은 급격히 떨어졌다.

하지만 비대한 덩치는 그대로다.

'시간과 돈을 쏟아부으면 정상화가 가능하기는 하겠지만.'

굳이 그래야 할 필요가 없었다.

도플갱어 킹과 도플갱어들을 용호길드에 묶어 두는 것도 비효율적이었고.

정상화시키면 쓸 만해진다고 해도.

약해진 거대 길드를 관리하는 것 자체가 일이었다.

'중화길드와는 상황이 다르지.'

중화길드에는 진구평이라는 쓸 만한 장기짝이 있었고.

'시범 타자라 각국의 지원도 빵빵했어.'

그러나 용호길드는 그럴 일이 없었다.

결정적으로.

'중화길드는 내가 직접 챙기지 않으면 내 손을 떠났을 거야.'

아마 잘게 찢겨 마이트어 왕국군과 또 다른 거대 길드인 골드길드나 적화길드에 흡수되었을 것이다.

그러나.

용호길드는 그럴 일이 없었다.

강현수에게는.

'발해길드와 고려길드가 있으니까.'

도플갱어들을 이용해 분열을 일으켜 용호길드를 잘게 쪼개면?

'발해길드와 고려길드가 알아서 주워 갈 거야.'

용호길드의 간부로 위장한 도플갱어들은 잘게 쪼개진 조각이 타 길드나 테라 왕국군에 흡수되지 않게 막는 역할만 하면 그만이다.

'용호길드와 도플갱어 군단의 충돌에 대한 소문도 잘 퍼진 것 같고.'

암왕 세실리아의 힘이 컸다.

사공작 오르페수스나 또 다른 마왕의 하수인들 입장에서

는.

'혼란스러울 수밖에 없겠지.'

아군끼리 서로 죽고 죽인 셈이 되었으니까 말이다.

'더욱 혼란스러워해라.'

그리고.

'그 사실을 위에 알려라.'

그럼?

용호길드의 뒷배와 도플갱어 군단의 뒷배는.

'서로를 의심할 수밖에 없지.'

강현수로서는 제대로 목적을 달성한 셈이었다.

'그나저나 일이 조금 꼬였네.'

강현수는 도플갱어 토벌이 마무리되면 적염제 도르초프를 직접 만나 휘하에 들어오라고 설득할 생각이었다.

'적염제 도르초프는 나중에도 계속해서 현재의 칭호를 유지한다.'

신의 칭호를 손에 넣지는 못했지만.

실력이 퇴보하거나 답보 상태에 있지 않고 꾸준히 성장해 현재의 명성을 지켰다는 게 중요했다.

'결정적으로 지구 출신 플레이어들의 대변인 역할을 했던 인물이기도 하고.'

거대 길드의 길드 마스터.

적염제라는 칭호를 손에 넣은 최상위 네임드 플레이어.

자기 자신만 잘 먹고 잘살 생각이었다면?

얼마든지 그렇게 할 수 있다.

하나 그는 그러지 않았다.

'지구 출신 플레이어들의 권익을 위해 뻔히 손해 볼 걸 알면서도 로크토 제국의 황실과 대립했지.'

오지랖이 넓은 걸 수도 있고 정의감이 넘치는 걸 수도 있다.

누군가는 바보라고 비웃을 수도 있겠지만.

강현수는 그런 그가 좋았다.

회귀 전.

'적잖은 도움을 받기도 했고.'

설득을 통해 휘하에 넣거나.

그게 아니더라도 적당히 동맹을 맺고 그의 행보에 도움을 줄 생각이었는데.

'벌써 복귀했을 줄이야.'

이제 강현수가 직접 로크토 제국으로 찾아가는 것 말고는 적염제 도르초프를 만날 방법이 없었다.

'자연스러운 만남이 좋은데.'

그래도 첫 만남에 나중에 한번 찾아가겠다고 말을 건네 뒀으니.

'부자연스럽지는 않겠지.'

적염제 도르초프 입장에서는 강현수가 찾아가는 게 부담

스러울 수도 있었지만.

'적염제 도르초프를 포섭할 수 있는 방법은 간단해.'

회귀 전 적염제 도르초프가 가장 간절히 염원했던 걸 이뤄 주겠다고 하면 된다.

'잘하면 휘하에 넣을 수도 있을 거고.'

그게 아니더라도 협력 관계나 동맹 관계는 맺을 수 있을 것이다.

'이제 슬슬 그 녀석들을 요리해야겠네.'

황소욱과 신소희.

그간은 도플갱어들을 정리하느라 바빠 방치 및 조사만 했지만.

이제 처리할 때가 되었다.

그런데.

─주군, 세실리아입니다.

갑자기 암왕 세실리아에게서 연락이 왔다.

─무슨 일이지?

─로크토 제국의 황제 로디우스 1세가 주군께 정식으로 초대장을 보냈습니다.

─정식 초대장?

─예, 다크 나이트의 수장 척마혈신과의 독대를 원한다고 합니다.

─독대?

강현수의 표정이 굳어졌다.

'나와 독대를 할 이유가 없을 텐데.'

그간 강현수는 소환수를 통해 지속적으로 로디우스 1세와 교류해 왔다.

그러니 특별한 이유가 없는 한.

'굳이 나를 직접 만날 필요가 없을 텐데.'

거기다 황제와의 독대는 아무나 할 수 있는 게 아니었다.

황제는 단순한 개인이 아닌 제국 최고의 권력자다.

신분이 아무리 확실한 이라고 해도 암살의 위협을 배제할 수 없었기에 독대는 거의 불가능했다.

황제와 독대를 한다는 건.

'절대적인 신뢰를 받고 있다는 뜻이지.'

즉, 로크토 제국의 황제 로디우스 1세와의 독대 자체가 하나의 권력이 된다는 뜻이었다.

'그런데 정식 초대장을 보내?'

그건 다크 나이트에게 힘을 실어 주겠다는 뜻이나 마찬가지였다.

-날짜는?

-내일입니다.

-너무 촉박한데?

-로디우스 1세에게 시간이 얼마 없는 듯합니다.

세실리아의 말을 들은 강현수는 금세 상황을 파악했다.

'건강이 좋지 않은가 보네.'

회귀 전의 로디우스 1세는 지금으로부터 몇 달 후 사망한다.

당연히.

'지금쯤 생명이 위독하다고 해도 이상할 게 없지.'

강현수를 만난 나비효과 역시 무시할 수 없었다.

'평온한 말년을 보내야 할 황제가 오공작과 정면으로 부딪쳤으니.'

체력과 심력 소모가 꽤 컸으리라.

'거기다 건강의 반지도 나한테 줬고.'

무려 대로크토 제국의 황제이니 대체품을 구하기는 했겠지만.

'EX랭크이니만큼 몇 달은 걸렸겠지.'

고령이니만큼.

고작 그 몇 달의 공백이 로디우스 1세의 건강을 악화시켰을 수도 있다.

'회귀 전보다 더 빨리 사망할 수도 있어.'

이건 미룰 수 있는 일이 아니었다.

-가겠다고 해.

-알겠습니다. 한데 직접 가실 생각이십니까?

강현수는 처음 로디우스 1세를 만난 이후 지금까지 소환수를 통해서만 로크토 제국과 교류했다.

하지만 이번에는.

'직접 가는 게 낫겠지.'

무려 대로크토 제국의 황제인 로디우스 1세가 강현수에게 직접 올 것을 정식으로 요청했다.

'왠지 전처럼 반지 하나로 끝나지 않을 것 같단 말이지?'

소환수가 아니라 플레이어가 직접 가야 얻을 수 있는 보상이 있을 것 같다는 생각이 들었다.

-그럴 생각이다.

-낮은 확률이지만 위험하실 수도 있습니다.

-내가? 아니면 황제가?

강현수의 물음에.

-제가 실언을 했습니다.

암왕 세실리아가 재빨리 자신의 실수를 인정했다.

만에 하나 함정이라면?

그건 로크토 제국에게 있어 큰 불행이 될 수밖에 없었다.

강현수가 로크토 제국과 충돌한다면?

'로크토 제국의 황궁을 초토화시키고 황제의 숨통을 끊는 것도 얼마든지 가능하지.'

마룡, 도플갱어 킹, 권황, 무존, 무란의 수호성, 도왕, 화염의 기사, 광살마존, 호왕, 용왕, 마도기사, 일살권, 검귀, 아귀 등의 소환수들을 언제든 소환할 수 있고.

추가로 인의군왕 신창후, 검왕 장석원. 멸마창왕 진구평,

살황 송하나, 투황, 암왕 세실리아도 동원이 가능했다.

여기에 고레벨 플레이어, 마족, 몬스터를 베이스로 만들어진 소환수 여단 병력까지 총동원하면?

무려 5,900에 달하는 병력이 쏟아져 나온다.

'그것도 최하가 600레벨대 플레이어나 몬스터 수준의 무력을 지닌 병력이지.'

이 정도라면?

능히 로크토 제국의 수도를 초토화시키고도 남는 수준의 무력이었다.

'뭐, 그럴 일은 없겠지.'

애초에 로디우스 1세의 공식 초대장이 함정일 확률은 제로에 가까웠다.

로디우스 1세가 바보가 아닌 이상 그간 친분을 쌓아 온 다크 나이트의 수장을 적대할 리가 없었고.

또 그간 다크 나이트들이 황궁에서 연기로 변해 사라지는 모습을 여러 차례 목격하기도 했고 말이다.

'거기다 내 신변을 억류하기 위한 함정이라면 굳이 정식으로 초대장을 보낼 필요도 없지.'

비밀 초대장을 보내는 게 뒤처리가 더 깔끔했다.

황제가 정식으로 초대장을 보내 모셔 온 손님을 강제로 억류하는 건?

'로크토 제국의 체면을 똥물에 처박는 격이니까.'

사실 최악의 상황이 일어나도.

강현수가 로크토 제국의 수도를 날려 버릴 필요는 없었다.

'속전속결로 황제와 황태자의 신변만 확보해도 충분하지.'

그 후 황제와 황태자를 압박해 휘하 지휘관으로 만들면?

'로크토 제국을 간단하게 손에 넣는 셈이지.'

로크토 제국 전역에서 지원군이 몰려오겠지만.

빠져나가는 건 간단했다.

소환수들의 소환을 해제하고.

강현수 자신은 달의 그림자 스킬을 사용해 황궁을 빠져나가면 끝이었으니까.

'뭐, 어디까지나 로디우스 1세가 먼저 뒤통수를 쳤을 경우지.'

황태자인 로디우스 2세는 몰라도.

'황제인 로디우스 1세는 압박을 통해 휘하에 넣을 수 있을 정도로 만만한 인물이 아니니까.'

또 충돌이 발생하면?

다크 나이트는 공식적으로 로크토 제국의 적이 될 수밖에 없다.

거기다 신변을 확보하는 과정에서 고령의 황제가 죽기라도 하면?

'불구대천의 원수가 되는 거지.'

강현수는 지금 당장 로크토 제국과 척을 질 생각이 없었다.

'굳이 서두를 필요도 없고.'

어차피 로디우스 1세는 얼마 가지 않아 죽는다.

'그 후에 움직여도 충분하지.'

달의 그림자 스킬을 이용해 황궁에 잠입하고.

'황태자에서 차기 황제가 된 로디우스 2세를 죽이든 꼭두각시로 만들든 하면 그만이야.'

강현수의 입장에서는.

굳이 로디우스 1세가 생존해 있는 동안 로크토 제국과 척을 질 필요가 없었다.

'괜히 서두르다가 긁어 부스럼 만들 필요는 없으니까.'

어차피 로디우스 1세가 사망하면?

'로크토 제국은 막장으로 흘러갈 수밖에 없어.'

그걸 막는 유일한 방법은.

'세실리아가 로크토 제국 최초의 여황제로 등극하는 거지.'

그럼 자동으로.

'로크토 제국이 내 손에 들어온다.'

물론 쉽지는 않을 것이다.

하지만.

'무조건 해내야지.'

그 어떤 고난과 역경이 있더라도.

세실리아를 로크토 제국의 주인으로 만들어야 했다.

강현수 개인의 이득만을 위해서가 아니라.

인류 전체의 생존을 위해서라도 말이다.

전신을 갑옷으로 빈틈없이 감싼 강현수가 당당히 로크토 제국의 황궁을 가로질렀다.

'꽤 까다로운 신분 확인 절차를 거칠 줄 알았는데.'

그런 건 없었다.

오히려.

'이렇게 허술하게 통과시켜 줘도 되나?'

그런 생각이 들 정도였다.

인장을 통해 신분을 검사하지도 않았고.

심지어 다크 나이트의 수장인 척마혈신이라는 사실을 증명하라고 요구하지도 않았다.

'아무리 미리 약속을 잡았다지만 너무 프리한데.'

강현수가 황궁의 중심부에 도착했다.

"어서 오시지요."

그런 강현수를 맞이한 사람은.

'검성 로하스 공작.'

근위 기사단의 수장이자 로크토 제국의 황실이 보유한 최고의 플레이어.

"처음 뵙겠습니다. 제1근위 기사단장 로하스라고 합니다."

검성 로하스 공작이 손을 내밀며 악수를 청했다.

강현수가 로하스 공작의 손을 잡았다.

꾸우욱!

그 순간 강한 악력이 강현수의 손을 옥죄어 왔다.

'테스트라도 할 생각인가?'

강현수가 가볍게 손에 힘을 주는 순간.

우드득!

검성 로하스 공작의 손이 힘없이 우그러들었다.

'차라리 다른 식으로 싸움을 걸어왔으면 몰라도.'

순수하게 손아귀의 힘을 겨루는 거라면?

'검성이 아니라 검신이 와도 압도할 자신이 있다고.'

괴력 스킬을 가지고 있는 강현수의 힘 스텟은.

아틀란티스 차원을 통틀어 최고였다.

그것도 독보적으로 말이다.

"계속하실 건가요?"

강현수의 물음에.

"아닙니다."

검성 로하스 공작이 이마에 식은땀을 흘리며 힘겹게 대답
했다.

'굳이 망신을 줘서 척을 질 필요가 없는 인물이지.'

강현수가 손아귀에 힘을 풀었다.

"배려에 감사드립니다. 제가 큰 결례를 범했습니다."

검성 로하스 공작이 정중하게 고개를 숙였다.

"제가 진짜 다크 나이트의 수장인지 확인하실 목적이셨겠죠. 충분히 이해합니다."

"이해해 주셔서 감사합니다. 그럼 이쪽으로."

강현수가 검성 로하스 공작의 안내를 받으며 황궁의 심부로 들어갔다.

'검성 로하스 공작이 나에게 고개를 숙이며 두 번이나 감사하다는 말을 하다니.'

회귀 후의 변화를 제대로 실감할 수 있었다.

회귀 전이었다면?

'애초에 이쯤에 만날 일도 없었겠지만.'

설사 만났더라도.

'절대 이런 대접을 받지 못했겠지.'

상대는 무려.

수많은 제후국을 거느린 로크토 제국의 최고위 귀족이자.

아틀란티스 차원의 4대 검사로 추앙받는 살아 있는 전설.

검성 로하스 공작이었으니까.

반면 회귀 전의 강현수는?

'그저 흔하디흔한 중고레벨 플레이어 중 하나였을 뿐이지.'

물론 시간이 흐른 후 강현수는 황의 칭호를 손에 넣은 플레이어가 되었다.

즉, 검성과 동급이었다는 말이다.

하지만 그 칭호를 손에 넣기까지.

'무려 30년에 가까운 시간이 걸렸지.'

한데 지금은?

고작 3년 만에 황도 아니고 신의 칭호를 손에 넣었다.

그렇지만.

'이 정도로 만족할 수는 없지.'

마왕을 쓰러트리고 지구로 귀환하기 위해서는.

지금보다 더 강한 힘이 필요했다.

"이곳입니다. 문을 열어라."

검성 로하스 공작의 명령에.

끼이이익!

근위 기사들이 화려하게 치장된 문을 열었다.

'황궁치고는 방이 작네.'

대전이나 여러 명이 모이는 회의실이 아닌.

'황제가 개인적인 용도로 사용하는 방 같네.'

"들어가시지요."

검성 로하스 공작의 말에.

저벅저벅.

강현수가 방 안으로 들어갔고.

꽈아앙!

강현수가 들어가자마자 방문이 닫혔다.

"어서 오시게, 다크 나이트의 수장이여."

로크토 제국의 황제 로디우스 1세가 의자에 앉아 강현수를 맞이했다.

'확실히 건강이 좋아 보이지는 않네.'

밝은 화장으로 가리기는 했지만.

칙칙한 피부와 탁한 눈빛을 숨길 수는 없었다.

"로크토 제국의 군주이신 로디우스 1세 황제 폐하를 뵙습니다."

강현수가 한쪽 무릎을 꿇고 로디우스 1세에게 예를 취했다.

"그대는 나의 신민도 아니고 신하도 아니지 않은가? 하니 그만 일어나게."

로디우스 1세의 말에 강현수가 자리에서 일어났다.

"앉게."

로디우스 1세가 강현수에게 자리를 권했다.

'파격적이네.'

로크토 제국의 황제를 만나는 이는 그 지위 고하를 막론하고 무조건 무릎을 꿇어야 했다.

그나마 대우를 받는 이들이.

'낮은 자리에서 서 있는 정도지.'

예외가 있다면 가족 정도랄까?

이곳은 신분제 사회였고.

같이 의자에 앉아 눈을 마주 보고 대화를 나눈다는 건.

'상대를 나와 대등한 존재로 인정한다는 뜻이나 마찬가지니까.'

강현수가 의자에 앉아 로디우스 1세를 바라봤다.

부른 용건이 있을 테니 먼저 말해 보라는 뜻이었다.

"하하하, 조금도 당황하지 않는군. 어려워하는 기색도 없고."

로디우스 1세가 웃음을 터트리며 즐거워했다.

강현수의 태도에 불쾌감을 느끼는 기색은 일절 없었다.

"전에 왔던 다크 나이트의 사신이 내게 재미있는 이야기를 했네. 로크토 제국이 멸망한다더군. 당연히 그대도 알고 있겠지?"

강현수가 소환수를 통해 대화를 나눴으니 모를 리가 없었다.

"물론 알고 있습니다."

"그 말 진짜인가?"

"진짜입니다."

"그럼 그 미래는 아직도 변화 없이 그대로인가?"

"그건 저도 모릅니다."

아마 멸망하지 않을 것이다.

왜냐하면.

'내가 그렇게 만들 테니까.'

하지만 굳이 그 사실을 로디우스 1세에게 말해 줄 필요는 없었다.

"모르기는, 자네가 어떻게 행동하느냐에 따라 달라지겠지."

"그건 황제 폐하께서도 마찬가지 아닐까요?"

강현수의 반문에.

로디우스 1세의 얼굴에서 웃음기가 사라졌다.

"물론 그렇겠지. 나도 나름 노력을 했다네. 사공작 오르페수스를 철저하게 조사했지. 하지만 아직까지 그가 마왕의 하수인이라는 증거는 나오지 않았네."

아마 그랬을 것이다.

'허술한 인물은 아니었으니까.'

"앞으로도 증거가 나오지 않으면 내가 적잖이 곤란해져."

증거도 없이 사공작 오르페수스를 마왕의 하수인으로 몰았으니.

그럴 만도 했다.

"마음 같아서는 사공작 오르페수스의 목을 치고 싶지만, 현실적으로 불가능하네."

증거도 없이 그런 일을 벌였다가는?

'정말 내전이 벌어질 수도 있겠지.'

그건 피해야 했다.

"거기다 자네도 알고 있겠지만, 나한테는 시간이 얼마 없네.”

“시간이 없다 하심은?”

“모르는 척하는군. 자네도 알고 있지 않나, 내 생명의 불꽃이 얼마 남지 않았음을.”

“제가 그걸 어찌 알겠사옵니까?”

강현수는 거짓을 말했다.

알고 있다고 하면?

자신의 수명이 얼마나 남았냐고 물어볼 게 뻔했으니까 말이다.

“하하하! 그걸 왜 모르나? 내 안색만 봐도 알 수 있는 것을. 사실 내 생명의 불꽃이 조금만 더 길게 남아 있었다면, 오늘 자네를 부르지도 않았을 걸세.”

로디우스 1세가 웃음을 터트리며 말했다.

‘뭐, 맞는 말이기는 하지.’

강현수는 신급 칭호를 가진 플레이어이자.

정체를 알 수 없는 비밀 조직의 수장이다.

그런 인물이 로크토 제국의 황제와 호위도 없이 단둘이 독대를 한다?

일반적인 경우라면?

‘절대 있을 수 없는 일이지.’

로디우스 1세 입장에서는 나름 모험을 한 셈이다.

“세실리아.”

로디우스 1세가 갑자기 암왕 세실리아의 이름을 언급했다.

'어떻게?'

강현수는 적잖이 놀랐다.

다크 나이트와 세실리아의 연결 고리는 존재하지 않는다.

거기다.

'세실리아는 암왕이다.'

정보전에서는 대륙 최고의 실력을 지닌 인물이 바로 그녀다.

그런 그녀가 자신에 대한 정보를 흘렸을 리가 없다.

"그 아이가 자네와 손을 잡았지?"

강현수는 포커페이스를 유지했다.

하지만.

'알고 있었구나.'

모든 걸 알고 있다는 듯한 로디우스 1세의 눈빛을 보며.

이게 단순한 찔러보기가 아니라는 사실을 알아차릴 수 있었다.

"처음에는 나도 몰랐네. 그저 중립파 귀족의 수장을 찾아 포섭하기 위해 움직였지. 한데 자꾸 황실의 정보가 뒤틀리더군. 그것도 아주 자연스럽게."

로디우스 1세가 심유한 눈빛으로 강현수를 바라보며 다시금 말을 이어 나갔다.

"자칫 잘못하면 엉뚱한 녀석을 중립파 귀족의 수장이라고 착각할 뻔했어. 한데 아니더군. 세실리아 그 아이가 중립파 귀족들의 수장이었어. 하하하! 설마 섀도 가드를 장악해 내 눈과 귀를 가릴 줄이야! 그 사실을 알고 정말 크게 놀랐네! 그 아이에게 그런 재능이 있을 줄은 꿈에도 몰랐거든!"

로디우스 1세가 웃음을 터트리며 목소리로 높였다.

'역시 황제라 이건가.'

강현수의 개입으로 상황이 달라졌다.

회귀 전 세실리아는.

'지금쯤 어둠 속으로 몸을 숨긴 채 정보 조직을 다듬고 있었겠지.'

세실리아가 본격적으로 세력을 확장한 건 로디우스 1세가 사망하고 로디우스 2세가 황제의 자리에 오른 후였다.

하지만.

'내가 자금과 무력을 지원해 줬어.'

그 덕분에 세실리아는 로디우스 1세가 살아 있는 지금 정보 조직을 완성시키고 중립파 귀족들을 포섭해 자신의 세력으로 삼았다.

"나에게 단 하나만 알려 주게. 미래의 세실리아는 어떤 존재가 되나?"

로디우스 1세의 물음에.

"아틀란티스의 모든 정보를 움켜쥐는 존재가 됩니다."

강현수가 순순히 대답을 해 줬다.

'굳이 감출 필요도 없고.'

혹시 아는가?

세실리아의 주가를 최대한 높여 놓으면.

'떡고물이라도 하나 떨어질지.'

사생이라고는 하지만.

'세실리아도 황족이야.'

그것도 로디우스 1세의 친손녀.

로디우스 1세가 황실의 수호를 위한다는 목적으로 세실리아에게 힘을 실어 주면?

강현수로서는 예상치 못한 보너스를 얻는 셈이 된다.

'뭐, 별 볼 일 없는 존재가 된다고 해 봐야 믿지도 않을 거 같고.'

로디우스 1세가 세실리아를 경계하기로 마음먹었다면?

그런 핑계가 통할 리가 없었다.

"대단하군. 정보는 상당히 중요하지. 정보를 움켜쥐는 자가 세상을 지배한다고 해도 과언이 아니야. 하지만 적이 된다면 그만큼 골치 아픈 존재가 또 없지."

"맞는 말씀입니다."

하지만 안타깝게도 황태자인 로디우스 2세는 그 정보를 움켜쥔 자를 적으로 만들었다.

그리고 그 말로는.

'아주 비참했지.'

로디우스 1세는 세실리아를 경계하고 있었다.

사실 자연스러운 일이기도 했다.

아틀란티스 차원의 정보를 움켜쥐고 있는 이가 아군이었다면.

'로크토 제국이 멸망할 리가 없었으니까.'

강현수가 지그시 로디우스 1세를 주시했다.

마치 세실리아를 어떻게 할지 물어보듯이.

"나는 자식 복이 없네."

로디우스 1세가 갑자기 황태자 로디우스 2세를 언급했다.

"그리고 손주 복도 없지."

그 후 손주들을 언급했다.

"사실 로크토 제국의 미래를 위해서라면 현 황태자를 폐위시키고 방계 황족 중 똘똘한 녀석을 새로운 황태자로 임명하는 게 맞아."

'역시 알고 있었구나.'

바보도 아니고.

현군이라 불리는 로디우스 1세가.

'그걸 모를 리가 없긴 하지.'

하나 그럼에도 불구하고.

회귀 전 로디우스 1세는 자신의 외아들을 포기하지 못했다.

"하지만 폐위당한 황태자, 그것도 정통성이 가장 강력한 선황의 외아들이 황제가 되지 못하면 어찌 될 것 같나?"

"죽겠지요."

새로운 방계 황족 출신 황제에게 있어 한때 황태자였던, 그것도 강력한 정통성을 가진 선황의 외아들은.

'본인이 원하든 원하지 않든 가장 강력한 정적이 될 수밖에 없지.'

그게 로디우스 1세가 황태자 로디우스 2세를 폐위시키지 못하는 가장 큰 이유였다.

"난 아들을 살리고 싶었네. 또 로크토 제국의 저력을 믿었지."

망나니 황태자 로디우스 2세가 황위에 오르더라도.

황실의 권력이 약해질지언정.

황실과 로크토 제국 자체는 굳건하리라 생각했던 모양이다.

"한데 그게 한낱 물거품에 불과한 꿈이라는 사실을 이제야 깨달았네."

황제 자리에 오른다고 해도 황태자 로디우스 2세는 어차피 죽는다.

거기다 덤으로 유구한 역사를 자랑하는 로크토 제국까지 멸망한다.

강현수가 말한 미래를 믿지 않으면 상관없지만.

믿고 있다면?

로디우스 1세로서는.

'새로운 결단을 내려야겠지.'

괜한 기대감이 차올랐다.

'작은 선물 보따리를 기대했는데.'

세실리아를 언급하고.

황태자를 언급했다.

그럼 다음 수순이 뭐겠는가?

'상상하지 못한 큰 선물을 받아 갈 수도 있겠어.'

강현수가 차분하게 로디우스 1세의 다음 말을 기다렸다.

"황태자를 폐위시키고."

그리고 드디어.

"세실리아 그 아이를 황태녀로 삼을 생각이네."

로디우스 1세의 입에서 강현수가 가장 듣고 싶어 하던 말이 흘러나왔다.

'로디우스 1세의 입에서 세실리아를 후계자로 삼겠다는 말이 나오다니.'

아예 기대를 안 했다면 거짓말이겠지만.

사실 로디우스 1세를 만나기 전까지는 상상도 하지 못했던 전개였다.

'상식적으로 보면 당연한 일이기는 한데.'

아들이 개차반이다.

손주들도 개차반이다.

사생아라고는 하지만.

로크토 제국과 황실을 이끌어 나갈 재능이 있는 황족은.

'세실리아뿐이지.'

또 황태자인 로디우스 2세는 미우나 고우나 세실리아의 친부다.

당연히 세실리아가 황제 자리에 오르더라도.

'굳이 로디우스 2세를 죽일 이유가 없지.'

로디우스 1세의 입장에서는 최선의 선택을 한 것이다.

"일단 세실리아를 정식으로 황족 명부에 올리는 절차부터 밟을 생각이네."

현재 세실리아의 공식적인 신분은 남작 영애일 뿐이다.

세실리아를 황태녀로 삼기 위해서는 황족 신분부터 손에 넣어야 했다.

"한데 그 이야기를 왜 저한테 하시는지?"

이런 말은 당사자인 세실리아에게 할 이야기이지 않나?

"자네가 그 아이의 가장 큰 후원자이지 않은가? 아무 대가 없이 무상으로 지원을 해 주지는 않았을 테니, 그에 합당한 대가를 받기로 했겠지. 그걸 말끔하게 포기하게."

로디우스 1세의 말에 강현수의 눈썹이 꿈틀거렸다.

"포기하라는 게 정확히 무슨 뜻입니까?"

"세실리아를 이용해 로크토 제국을 자네 마음대로 주무르

려는 야심을 버리라는 뜻이네."

로디우스 1세의 말에 강현수의 눈이 가늘어졌다.

"대신 자네가 그 아이에게 투자했던 것들을 세 배로 갚아 주지. 이 정도면 자네 입장에서도 꽤 남는 장사 아닌가?"

로디우스 1세의 말을 들은 강현수가 속으로 코웃음을 터트렸다.

제대로 된 진실을 모르니 저런 말을 할 수 있는 것이리라.

"아마 영혼의 계약서나 신념의 서약 같은 아이템을 사용했겠지. 그런 것들은 두 사람이 모두 동의하면 파기가 가능하다네."

"제가 거절하면 어떻게 하실 겁니까?"

"그럼 세실리아가 황태녀가 되는 일은 없겠지. 대로크토 제국의 황제가 다른 이의 꼭두각시가 될 수는 없지 않은가?"

"그러느니 차라리 망하는 게 낫다?"

강현수의 말이 짧아졌다.

"그렇다네."

하지만 로디우스 1세는 개의치 않았다.

오히려 활활 불타는 눈빛으로 강현수를 압박했다.

긴 침묵이 흘렀다.

"좋습니다. 그렇게 하지요. 단 조건이 있습니다."

"그게 뭔가?"

"투자금의 세 배가 아니라 열 배를 원합니다. 또 세실리아를 차기 황제로 삼겠다는 내용의 유언장을 작성해 저에게 주십시오."

강현수의 말에 로디우스 1세의 두 눈이 강한 희열로 물들었다.

"좋네, 그렇게 하지. 잠시만 기다리게."

꾸욱!

로디우스 1세가 목에 차고 있던 목걸이를 누르자.

근위 기사들이 모습을 드러냈다.

"당장 세실리아를 데려오라."

"예."

지시를 내린 로디우스 1세가 곧바로 종이 한 장을 꺼냈다.

'불멸의 서약.'

EX랭크 아이템으로 훼손 및 위, 변조가 불가능한 종이었다.

'저걸 방패로 쓴 미친놈도 있었지.'

당연하지만 실패했다.

훼손 및 위, 변조가 불가능하다는 거지.

완전히 소멸시키는 건 가능했으니까 말이다.

로디우스 1세가 쓱쓱 글을 적어 내려갔다.

내용은 간단했다.

황태자인 로디우스 2세를 폐위시키고 황태녀인 세실리아를 차기 황제로 삼겠다는 게 끝이었다.

서류 작성을 끝낸 로디우스 1세는 친필 서명을 한 후 황제의 직인까지 찍었다.

　그리고 잠시 후.

　세실리아가 근위 기사들과 함께 모습을 드러냈다.

　"이제 자네가 약속을 지킬 차례네."

　"당신과 맺은 영혼의 계약서를 무효화하겠습니다. 동의하십니까?"

　강현수의 말에.

　"동의해요."

　세실리아가 고개를 끄덕이며 대답했고.

　[계약의 당사자들이 진심으로 파기를 원합니다.]

　[영혼의 계약서가 파기됩니다.]

　시스템 메시지가 떠오르더니.

　화악!

　강현수와 세실리아의 몸에서 밝은 빛무리가 뿜어져 나와 그대로 소멸해 버렸다.

　"받게. 한데 자네가 투자한 금액에 대해서는……."

　"제가 원하는 건……."

　이윽고 열 배로 불어난 투자금을 어떻게 지급할 것인지에 대한 협의가 끝났다.

"황실 보고에서 알아서 가져가도록 하게. 안내는 로하스 공작이 해 줄 것이니."

"알겠습니다."

강현수가 불멸의 서약을 받아 들고 몸을 돌렸다.

✳

다크 나이트의 수장이 순순히 떠났다.

'성공했다.'

로디우스 1세의 얼굴 가득 환한 미소가 번져 나갔다.

차기 황제의 족쇄였던 영혼의 계약서가 소멸했다.

계획이 성공한 것이다.

'꽤 어려울 거라고 생각했는데.'

사실 로디우스 1세가 세실리아를 차기 황제로 삼기로 결정한 가장 큰 이유는.

대안이 없기도 했지만.

'다크 나이트의 지원을 받았기 때문이지.'

미래를 예지할 수 있는 스킬을 보유한 비밀 집단.

일국에 준하는 강력한 무력을 가진 비밀 집단.

신의 칭호를 가진 초월적인 수준의 강자가 이끄는 비밀 집단.

이번 도플갱어 군단 토벌에서 드러난 다크 나이트의 전력은 로디우스 1세의 예상을 아득히 뛰어넘는 수준이었다.

그런 강력한 힘을 가진 비밀 집단이.

'세실리아를 선택했어.'

쉽게 말해 로크토 제국의 멸망을 피하기 위한 유일한 대안이 바로 세실리아라는 뜻이었다.

아마 가만히 내버려 뒀다면?

'내가 죽은 후 황위 쟁탈전을 일으켜 세실리아를 황제로 만들었겠지.'

충분히 가능한 일이었다.

이미 세실리아는 중립파 귀족들이라는 로크토 제국 3대 파벌 중 하나의 수장이었고.

다크 나이트라는 든든한 뒷배의 지원이 있는 상황이었으니까.

단 그렇게 되면.

'차기 황제가 다크 나이트에게 끌려다니게 된다.'

그래서 아예 판을 다시 짠 것이다.

어차피 피 튀기는 내전을 통해 세실리아가 황제 자리에 오를 것이라면.

'내 손으로 직접 넘겨주는 게 낫다.'

그래야 내전으로 손실되는 로크토 제국의 힘을 보존할 수 있고.

'다크 나이트의 입지를 줄일 수 있지.'

0레벨
플레이어

가장 중요한 건 손해를 보는 당사자인 다크 나이트였다.

투자금을 열 배로 돌려준다고 하더라도.

로크토 제국이라는 거대한 먹잇감을 통째로 삼킬 수 있었던 이의 입장에서 보자면?

'보잘것없는 대가일 수밖에 없지.'

더군다나 다크 나이트는.

'내 도움이 없더라도 세실리아를 로크토 제국의 황제 자리에 올릴 자신이 있었겠지.'

하지만 다행히 다크 나이트의 수장은 적당한 보상을 받고 세실리아의 차기 황제 자리를 보장하는 유언장을 써 준 것만으로 로디우스 1세의 제안을 수락했다.

'다크 나이트의 신념이 변질되지 않았다는 증거겠지.'

그들의 목적은 마왕군과의 전쟁에서 승리하는 것.

이번 일은 다크 나이트라는 단체의 입장에서는 손해지만.

'인류 전체에게 있어서는 큰 이득이다.'

그렇기에 순순히 수락한 것이다.

'그에 합당한 보상을 줄 것이다.'

로디우스 1세는 투자금 열 배로 입을 싹 닦을 생각이 없었다.

로크토 제국 차원에서 대대적으로 그들의 공신력과 명예를 더 올려 줄 생각이다.

'다크 나이트 같은 조직의 힘이 더 커져야, 아틀란티스의

수호에 유리하다.'

단체의 이익보다 인류 전체의 이익을 생각하는 정의로운 집단이 세상에 얼마나 있겠는가?

"세실리아, 이 할아비가 너에게 거는 기대가 상당히 크다."

로디우스 1세가 웃으며 세실리아에게 말했다.

"황송하옵니다."

세실리아가 웃는 얼굴로 공손히 무릎을 꿇고 고개를 숙였다.

하지만.

그늘 속에 가려진 세실리아의 눈빛은.

차가운 냉기와 싸늘한 독심으로 가득했다.

세실리아는 마음 같아서는 당장 이 자리를 박차고 나가고 싶었다.

'지금까지 나를 전혀 신경 쓰지 않은 주제에, 할아비라고?'

로디우스 1세와 세실리아가 만난 건 이번이 처음이다.

세실리아가 태어난 후.

로디우스 1세는 세실리아를 새도 가드의 수장 브리번 남작에게 맡겼다.

그리고.

단 한 번도 관심을 주거나 신경을 써 준 적이 없었다.

그저.

'황실의 치부인 내가 죽기만을 바랐으면서.'

가끔 생사 여부만 확인했을 뿐.

'그런데 이제 와서 나를 후계자로 삼겠다고? 로크토 제국과 황태자의 안위를 위해서?'

세실리아가 가장 증오하는 건 친부인 황태자 로디우스 2세다.

하지만 그에 못지않게.

친조부인 로디우스 1세 역시.

'난 당신이 싫어.'

증오했다.

'주군의 명령만 아니었다면.'

절대 이따위 연기를 하지 않았으리라.

세실리아도 이성적으로는 로디우스 1세에게 훌륭한 후계자의 모습을 보여야 한다는 것 정도는 알고 있었다.

하나 감성적으로는 황제 로디우스 1세나 황태자 로디우스 2세의 얼굴을 보는 것 자체가 역겨웠다.

목소리를 듣는 것만으로도 심장이 갈가리 찢겨 나가는 것 같이 고통스러웠고.

마음 같아서는.

'당장 이 자리를 박차고 나가고 싶어.'

하지만 차마 그럴 수가 없었다.

'주군의 지시다.'

강현수는 이번 일을 좋은 기회라고 여겼다.

그리고 그건 세실리아 역시 마찬가지였다.

세실리아는 자신의 감정을 주체하지 못해 일을 그르치는 철부지가 아니었다.

'기다리면 그만이야.'

얼마 가지 않아 로디우스 1세는 죽는다.

로디우스 2세의 경우.

'황태자 자리에서 폐위된 것 자체가 큰 충격이겠지.'

그러나 그 정도로 만족할 생각은 없었다.

로디우스 1세에게 황위를 물려받아 로크토 제국의 황제 자리에 오르면.

'가장 비참하게 죽여 주마.'

로디우스 1세는 세실리아가 친부인 로디우스 2세를 해치지 않을 거라고 생각하는 모양이지만.

세실리아에게는 그런 생각이 1그램도 없었다.

"네게 한 가지 부탁이 있다."

"하명하시지요."

"하명이라니, 부탁이라니까."

"어떤 부탁이신지요?"

세실리아의 물음에.

"후우!"

로디우스 1세가 잠시 숨을 고른 후.

레벨
플레이어

"쉽지는 않겠지만, 네 아비를 용서해 다오. 이건 황제로서 황태녀에게 하는 말이 아니라, 할아비가 손녀에게 하는 사적인 부탁이다."

로디우스 1세의 말을 들은 세실리아의 표정이 순간적으로 딱딱하게 굳어졌다.

"나도 네 아비가 어떤 인물인지 안다. 내 아들이니 왜 모르겠느냐? 하나 그 녀석이 있었기에 지금의 네가 있을 수 있다는 사실을 잊지 말거라."

세실리아가 손톱이 살을 파고들 정도로 주먹을 움켜쥐었다.

하지만 방금 전처럼 표정이 굳어지지는 않았다.

"당장은 무리겠지만, 노력하겠나이다."

"그래, 그렇겠지. 만나 본 적도 없으니 정도 없고 분노만 있을 것이다. 하나 부모 자식 사이의 인연은 천륜이다. 인간의 힘으로는 끊을 수 없지. 쉽지 않은 일인데, 노력한다고 답해 주니 참으로 고맙구나."

로디우스 1세가 웃으며 세실리아의 어깨를 두드렸다.

"네 아비의 존재가 너의 정통성과도 연관이 있다는 사실을 결코 잊지 말거라."

할아비가 손녀에게 하는 부탁이라고 했지만.

이는 로디우스 1세가 황제로서 내리는 명령임과 동시에.

협박이었다.

"명심하겠나이다."

세실리아가 웃는 얼굴로 다시금 공손히 고개를 숙였다.

❈

'일이 쉽게 풀렸네.'

작은 선물 보따리를 기대하고 찾아왔는데.

로크토 제국이라는 엄청난 선물을 받았다.

'영혼의 계약서 따위는 없어도 그만이지.'

이미 세실리아는 강현수의 휘하 지휘관이자 소환수였다.

영혼의 계약서?

그딴 건 백 번이고 천 번이고 무효로 돌려도 상관없었다.

'뭐, 로디우스 1세가 그런 걸 알 리가 없지만.'

오히려 그래서 일이 쉽게 풀렸다.

로디우스 1세가 강현수의 직업 일인여단의 존재를 알고 있었다면?

'이렇게 쉽게 세실리아를 후계자로 삼을 리가 없었겠지.'

오히려 강현수를 적대시했을 수도 있다.

대안이 없어 어쩔 수 없이 세실리아를 후계자로 삼더라도.

'나에게 온갖 제약을 걸려고 했겠지.'

하나 영혼의 계약서나 신념의 서약 같은 아이템에 의한 제약만 생각하고 있었기에.

오레백
플레이어

'오히려 일이 쉽게 풀렸어.'

거기다 로디우스 1세가 통 크게 투자금을 열 배로 보상해 주겠다고 하지 않았는가?

그 결과 지금 강현수는.

"들어가지지요."

아틀란티스 차원 최고의 보물 창고 중 한 곳인.

로크토 제국의 황실 보고에 들어갈 수 있었다.

'투자금의 열 배라고는 하지만.'

강현수가 암왕 세실리아에게 지원해 준 것 중에는 돈보다 무력의 비중이 컸다.

'그건 돈으로 환산이 불가능하지.'

그러나 보상을 받으려면?

무조건 돈으로 환산을 해야 했다.

'세실리아가 로디우스 1세에게 다크 나이트에게서 지원받았다고 말한 금액이 3백억 골드.'

실제로 강현수가 1백억 골드를 지원해 줬으니.

2백억 골드를 더 추가한 셈이었다.

사실 더 부풀린다면?

'3백억 골드가 아니라 3천억 골드라고 할 수도 있지.'

하지만 그건 위험했다.

'로디우스 1세가 바보는 아니니까.'

세실리아가 중립파를 장악하며 소모한 돈과 무력이 어느

정도인지 대충 짐작은 하고 있을 것이다.

거기다.

'너무 내 편을 드는 것처럼 보이면 곤란해.'

로디우스 1세는 로크토 제국의 차기 황제가 다른 이에게 끌려다니는 모습을 보이는 걸 원치 않는다.

결정적으로.

'어차피 세실리아가 황제 자리에 오르면 끝나는 게임이야.'

로디우스 1세의 수명은 몇 달 남지 않았다.

'그 몇 달을 못 기다려서 소탐대실할 필요는 없지.'

로디우스 1세가 사망하고 세실리아가 황제의 자리에 오르면?

'돈이 문제가 아니지.'

로크토 제국의 황제가 가진 비대한 권력이 고스란히 강현수의 소유가 된다.

그걸 생각하면?

'벌써부터 큰 욕심을 낼 필요는 없지.'

그렇기에.

'이 정도가 적정선이야.'

3백억 골드라고 해도.

'열 배면 무려 3천억 골드다.'

막말로 작은 도시 하나를 살 수 있는 거금이다.

수많은 제후국을 거느린 로크토 제국의 황제가 아니라면?

'아예 지불 자체가 불가능한 거액이지.'

솔직히 말해 로디우스 1세라도 3천억 골드를 현금으로 지급할 수는 없다.

'공식적인 일이라면 국고를 동원할 수 있겠지만.'

그럼 3천억 골드가 아니라 그 1백 배인 30조 골드라도 지출할 수 있었다.

하지만 이건 비공식적인 일이다.

'거기다 로디우스 1세 개인의 사적인 거래지.'

당연히 로크토 제국의 국고를 건드릴 수는 없었다.

그럼 황제의 개인 재산을 소모해야 하는데.

황제에게 그 정도 돈이 없는 건 아니지만.

'그러면 황제의 개인 자금이 일시적으로 말라 버리겠지.'

그래서 강현수는 돈이 아닌 현물로 받기로 했다.

'애초에 돈은 큰 의미가 없어.'

구오피라는 마르지 않는 돈줄이 있고.

강현수가 주는 미래 정보를 바탕으로 황금 군주 사에마알이 꾸준히 돈을 불리고 있다.

개인 자산만 따지자면?

'내가 로디우스 1세보다 부자야.'

그러나.

'아무리 돈이 많아도 로크토 제국의 황실 보고에 있는 물

건을 구매할 수는 없지.'

어차피 암왕 세실리아가 로크토 제국의 황제 자리에 오르면 알아서 굴러 들어올 것이기는 하지만.

'그 아이템은 지금이 아니면 얻을 수 없어.'

왜냐하면.

'황제인 로디우스 1세가 황태자인 로디우스 2세에게 줘 버리니까.'

평범한 아이템이라면?

로디우스 2세의 소유라도 다시 빼앗아 오는 게 얼마든지 가능했다.

하지만.

'그 아이템은 그럴 수가 없지.'

왜냐하면.

일회성 소모형 아이템이었기 때문이다.

'그렇지만 일회성 소모형 아이템이라는 단점을 가진 만큼 효과 자체는 엄청나게 좋지.'

그렇기에 지금 손에 넣어야 했다.

'후계자가 바뀌었으니 로디우스 2세가 아니라 세실리아에게 줄 확률도 있기는 하지만.'

확실하지는 않았다.

'애초에 꼭 후계자에게 줘야 하는 것도 아니고.'

또 기왕이면 강현수가 손에 넣는 게.

'앞으로의 싸움에 더 큰 도움이 된다.'

강현수가 황실 보고를 살펴봤다.

그리고.

'있다.'

목표물을 발견했다.

[독룡의 정수 – EX랭크]

–소모성 아이템입니다.

–섭취 시 독에 대한 저항력이 500% 증가합니다.

–섭취 시 특수 스텟 독성을 획득합니다.

'어라?'

강현수의 표정이 기묘해졌다.

'단순히 독에 대한 저항력만 대폭 증가하는 게 아니었나?'

강현수는 독룡의 정수는 소모성 아이템으로 섭취한 이의 독에 대한 저항력을 대폭 상승시켜 주는 걸로 알고 있었다.

'독룡의 정수를 섭취한 덕분에 로디우스 2세는 독살의 위협에서 자유로울 수 있었지.'

무려 500%.

독에 대한 저항력 한정이기는 하지만.

'효율이 미쳤네.'

일반적인 EX랭크 아이템보다 족히 두 배는 뛰어난 상승폭이었다.

거기다.

그걸로 끝인 줄 알았는데.

'보너스가 있었네.'

무려 특수 스탯을 부여해 주는 옵션이 포함되어 있었다.

이건 회귀 전 알려지지 않았던 사실이다.

그 이유는?

'로디우스 2세가 플레이어가 아니었기 때문이지.'

일반인도 스킬북을 습득하는 건 가능하다.

또 아이템의 효과도 적용받는다.

하지만.

'어디까지나 습득할 수 있다는 거지.'

자유로운 사용이 가능하다는 뜻은 아니었다.

'플레이어가 아니기에 상태창이 없고.'

스킬을 발동시키는 것도 불가능하다.

'그래서 일반적으로는 스탯을 늘려 준다거나 패시브 스킬이 적용된 아이템을 착용하지.'

패시브 스킬의 경우 옵션이 상시 발동하기에.

'착용자가 플레이어가 아니어도 페널티를 받지 않아.'

로디우스 1세가 건강의 반지를 차고 있었던 이유도 아마 그 때문이리라.

또한.

'로디우스 2세에게 독룡의 정수를 준 이유도 비슷하겠지.'

그렇지만.

'이건 선을 넘었지.'

단순히 독에 대한 저항력만 늘려 주는 게 아니라 특수 스텟을 생성시켜 주는 아이템이었으니까 말이다.

'이걸 검성 로하스 공작이 섭취했다면?'

성이라는 칭호가 신으로 바뀌었을지도 모른다.

'뭐, 아닐 수도 있기는 하지만.'

특수 스텟은 무척 얻기 힘들지만.

'그렇다고 무조건 다 좋은 건 아니지.'

전투에 별다른 도움이 되지 않는 특수 스텟도 많았다.

예를 들어.

카리스마, 매력, 행운 같은 스텟들.

'좀 애매하지.'

있으면 좋지만.

전투력만 고려한다면 없어도 그만인 느낌이랄까?

그렇지만.

'독성은 딱 봐도 전투에 큰 도움이 되는 스텟 같단 말이지.'

뭐, 그건.

'직접 확인해 보면 그만이지.'

강현수가 독룡의 정수를 집어 들었다.

"저, 그건 주인이 내정되어 있는 물건입니다."

검성 로하스 공작이 약간 당황한 표정으로 말했다.

'역시 로디우스 2세에게 주려는 생각이었나?'

인간 망종의 개망나니더라도.

황태자에서 폐위시키더라도.

'아들은 아들이라 이건가?'

어쩌면 당연했다.

아무리 금수만도 못한 망종이라도.

천하의 패륜아라도.

자식은 부모를 버려도.

'부모는 자식을 버릴 수 없지.'

물론 다 그런 건 아니다.

아닌 경우도 많이 있다.

대표적으로 로디우스 2세 역시 세실리아의 친부지만.

부정은커녕 욕정만 품지 않았는가?

그러나 로디우스 2세와 달리 로디우스 1세는.

'부성애가 남다른가 보군.'

외아들을 엄청나게 아끼는 모양이었다.

그러나.

'이건 그 인간 망종의 몫이 아니야.'

그리고 애초에 강현수는 혹시 이런 일이 있을까 봐.

"황제 폐하께서 황실 보고에 있는 것이라면 무엇이든 상관
없다고 하셨는데요?"

미리 로디우스 1세에게 확답을 받아 왔다.

"그, 그게……."

"설마 천하의 대로크토 제국의 황제 폐하께서 한 입으로 두말을 하신 건 아니겠죠?"

강현수의 말에 검성 로하스 공작의 눈썹이 꿈틀거렸다.

검성 로하스 공작은 로크토 제국 황실의 충신.

당연히 주군인 로디우스 1세를 대상으로 비아냥거리는 강현수의 태도를 용납하기 힘들었다.

하지만.

"그럴 리가 있겠습니까. 그저 제가 노파심이 과해 나선 것뿐입니다."

가벼운 악수를 통해 이미 힘의 차이를 느꼈고.

다크 나이트가 로크토 제국 황실에 통 큰 양보를 했다는 사실을 알고 있는 검성 로하스 공작의 입장에서는.

순순히 물러날 수밖에 없었다.

'가벼운 심통은 이해해 줘야지.'

사실 굳이 비아냥거리듯 뒷말을 붙일 필요는 없었다.

하지만.

'털도 안 뽑고 날로 드시려고 했으면 이 정도 쓴소리는 감수하셔야지.'

강현수에게 일인여단이라는 직업이 없었다면?

암왕 세실리아가 강현수의 휘하에 들어오지 않고 영혼의

계약서에 의존한 동료 관계로만 남았다면?

'나만 닭 쫓던 개 지붕 쳐다보는 꼴이 되는 거였잖아.'

투자금의 열 배로 보상해 준다고 해 봤자.

세실리아라는 진흙 속의 보석을 발견해 준 것과 로크토 제국의 멸망을 막을 수 있도록 정보를 준 것에 비하면 가벼운 보상에 불과했다.

"그럼 일단 하나."

강현수가 독룡의 정수를 품에 넣었다.

'다른 건 뭐가 있으려나?'

강현수가 로크토 제국의 황실 보고에 있는 아이템들을 살펴봤다.

EX랭크 아이템의 가치는 측정 불가다.

하지만.

'드물게 실제로 거래하는 경우가 있기도 하지.'

그런 경우 최소 수십억 골드에서 많게는 수백 수천억 골드의 거금이 오간다.

'EX랭크 아이템이라고 해도 가치가 다 똑같지는 않으니까.'

탐식의 검이나 수호의 반지 같은 최상위 EX랭크 아이템은?

수천억 골드가 아니라 수조 골드를 가지고 와야 어느 정도 격이 맞는다.

여신의 눈물은?

'숨겨진 가치가 알려지지 않은 상황이라면 10억 골드 남짓.'

어쩌면 더 낮은 가격을 받을 수도 있다.

하지만 숨겨진 옵션이 알려진다면?

'최하가 수백억 골드지.'

마왕군과의 전면전에 들어가면?

탐식의 검이나 수호의 반지처럼 가격이 천정부지로 뛸 것이다.

'뭐, 수조 골드가 아니라 수백조 골드를 가지고 와도 팔 생각은 없지만.'

돈이 아쉬울 것 없는 강현수 입장에서는?

보유하고 있는 EX랭크 아이템을 팔 생각이 전혀 없었다.

'오히려 사들이면 몰라도.'

실제로 나중에 매물로 나오면 사려고 벼르고 있는 EX랭크 아이템들이 있기도 했다.

하나 지금 중요한 건.

'이제 다섯 개 남았다는 거지.'

강현수는 열 배의 투자금을 현물로 받기로 하며 로디우스 1세와 협상을 했고 그 결과.

'EX랭크는 여섯 개를 받기로 했지.'

처음에는 열 개를 불렀는데.

결국 여섯 개로 합의를 봤다.

대신.

'어떤 걸 고르든 상관없다는 약속을 했지.'

그래서 당당하게 독룡의 정수를 선택할 수 있었다.

'마땅한 게 없네.'

혹시나 하고 열심히 살펴봤지만.

로디우스 1세가 괜히 그런 거래를 수락한 게 아닌 듯.

쓸 만한 EX랭크 아이템은 보이지 않았다.

'뭐, 사실 당연한 거지.'

진짜 쓸 만한 건 이미 주인이 있을 테니까.

'그럼 나머지 다섯 개는 그걸로 해야겠네.'

강현수가 한곳으로 시선을 돌렸다.

그곳에는 한 벌의 갑옷이 전시되어 있었다.

[저주받은 투신갑의 투구 - EX랭크]
　-물리 공격력이 100% 증가합니다.
　-스킬 공격력이 100% 증가합니다.
　-힘 스탯이 100% 감소합니다.
　-세트 아이템입니다.

'역시 특이하네.'

갑옷임에도 주력 옵션이.

'공격 일변도야.'

0레벨
플레이어

증가 폭도 엄청났다.

무려 물리 공격력과 스킬 공격력을 각각 100%씩 올려 주니까.

거기다 무려 세트 아이템이다.

다섯 개면 500%였고.

여기에 두 배 세트 옵션까지 발동하면?

'물리 공격력과 스킬 공격력이 1000% 증가한다.'

하지만.

'치명적인 단점이 하나 있지.'

괜히 이름에 '저주받은'이라는 문구가 있는 게 아니었다.

'힘 스탯이 100% 감소한다라.'

만약 저 문구가 힘 스탯이 100% 증가한다였다면?

'탐식의 검에 비견되는 보물이 됐겠지.'

소유주가 마검사 계열의 플레이어라면?

오히려 탐식의 검보다 더 좋은 보물이 될 수도 있다.

힘 스탯이 100% 감소한다는 옵션이 없었다면?

'그래도 난리가 났겠지.'

탐내는 이들이 엄청나게 많았을 것이다.

옵션이 방어형이었다면?

'설사 힘 스탯이 100% 감소라는 페널티가 있더라도, 탱커나 힐러에게는 최고의 아이템이 됐겠지.'

그러나.

공격 일변도의 옵션에 힘 스텟 100% 감소라는 옵션 때문에.

'계륵이 되어 버렸지.'

유일하게 페널티를 최소화해 사용할 수 있는 이들은 마법사 계열 플레이어뿐인데.

'그런 것치고는 스킬 공격력 100%라는 수치가 좀 애매하지.'

마법사 플레이어 전용 EX랭크 공격력 세팅 로브형 방어구였다면?

'스킬 공격력과 마력 스텟이 100% 증가했을 테니까.'

하지만 EX랭크 아이템이 흔한 것도 아니고 충분히 탐낼 만한 옵션이었다.

비록 반쪽짜리이기는 하지만.

세트 옵션까지 합치면 무려 스킬 공격력이 1000%나 증가하지 않는가?

그러나 안타깝게도.

'페널티 옵션 역시 세트 옵션 효과를 적용받지.'

그렇기에 힘 스텟 역시.

'1000% 감소하지.'

문제는.

'안 그래도 애초에 힘 스텟이 낮은 마법사 플레이어들이 더 약골이 되어 버린다는 거지.'

거기다 저주받은 투신갑은 금속으로 만들어져 있어서.

'엄청 무겁지.'

그래서 마법사 플레이어가 착용하면?

기동성이 삭제된다.

'애매하지.'

전신 갑주 형태인데 근접 전사나 탱커용은 아니다.

마검사도 못 쓴다.

마법사 입장에서도 EX랭크 세트 아이템치고는 효율이 반 토막이다.

그걸 감수하고 착용하면?

기동성이 제로가 된다.

그게.

'이 녀석이 아직까지 여기 남아 있는 이유지.'

그러나 괴력 스킬을 가지고 있는 강현수 입장에서는.

'고작 1000% 정도야.'

현재 E랭크가 된 괴력 스킬은 힘 스텟 1을 찍으면 50을 올려 준다.

무려 50배의 뻥튀기.

이걸 퍼센트로 환산하면?

'무려 4900%라고.'

1000% 정도 줄어들어 봐야.

티도 안 났다.

결정적으로.

'이 저주는 해주가 가능하다고.'

다음 권으로 이어집니다

0레벨
플레이어